KB043132

이러다 잘될지도 몰라, 니은서점

1판1쇄 펴냄 2020년 9월 2일
1판2쇄 펴냄 2020년 10월 15일

지은이 노명우

펴낸이 김경태
편집 홍경화 성준근 남슬기
디자인 박정영 김재현
마케팅 곽근호 전민영
사진 제공 임한별 p246 아래 | 정홍섭 p10, 11 | 한승일 p149, 157, 261, 263~265
일러스트 제공 이병환 p84 | 김승태 p245

펴낸곳 (주)출판사 클
출판등록 2012년 1월 5일 제311-2012-02호
주소 03385 서울시 은평구 연서로26길 25-6
전화 070-4176-4680 팩스 02-354-4680 이메일 bookkl@bookkl.com

ISBN 979-11-90555-27-2 03810

이 도서의 국립중앙도서관 출판예정도서목록(CIP)은 서지정보유통지원시스템 홈페이지(http://seoji.nl.go.kr)와 국가자료공동목록시스템(http://www.nl.go.kr/kolisnet)에서 이용하실 수 있습니다.(CIP제어번호: CIP2020035469)

이러다 잘될지도 몰라, 니은서점

노명우 지음

당신은 읽는 사람입니다.

당신은 읽는 사람의 동반자 서점인입니다.

책 읽는 사람이 드물어진 시대입니다. 종이책을 파는 서점은 어느새 주변에서 사라졌습니다. 한 사회학자가 이 와중에 서점을 열었고, 그 서점의 짧은 연대기를 기록했습니다.

누군가를 생각하며 이 글을 씁니다. 그 사람은 책을 읽고 있습니다. 때로는 고통스럽지만, 책을 읽어야만 얻을 수 있는, 눈에서 시작하여 뇌를 거쳐 몸으로 전달되는 대체 불가능한 전율을 맛본 사람입니다. 그 사람은 발견되지 않은 보석 같은 책을 찾겠다고 서점 문을 열고 들어갑니다. 그리고 책이 나지막하게 말을 거는 서점이라는 공간에서만 느낄 수 있는 예외적인 편안함을 만끽합니다. 우리 시대의 희귀종 '읽는 사람'의 일원인 제가 또 다른 '읽는 사람'인 당신을 생각하며 이 책을 씁니다.

당신은 혹시 지나칠 수도 있는 책을 '읽는 사람'에게 소개하는 '서점인'입니다. '읽는 사람'과 '그'의 가장 훌륭한 동반자 '서점인'이 서점에서 만납니다. 저도 '서점인'의 한 사람이 되어 니은서점에서 보낸 두 번의 봄 여름 가을 겨울 동안의 경험과 생각을 글로 옮겼습니다. 이제 책이 된 한 서점의 이야기를 들어주세요.

2020년 니은서점 2주년을 앞둔
어느 날 북텐더의 작은 책상에서

차례

컴퓨터서비스센터
Tel.0505-387-7979 H.P 010-9188 8049

#1 서점을 차리겠다고 결심했습니다

시작!

사회학자가 서점을 만들었습니다.

반갑습니다. 저는 사회학자 노명우입니다. 아주대학교 사회학과에서 학생을 가르칩니다. 책을 쓰기도 합니다. 모두 제가 좋아하는 일입니다. 2019년 9월 새 명함을 만들었는데요. 그 명함에 저는 사회학 박사니 대학교수니 하는 학위나 직업을 적지 않았습니다. 대신 '니은서점 마스터 북텐더'라고만 쓰여 있습니다.

대학교수와 서점의 관계도 왠지 어색하고, 게다가 '북텐더'라는 단어 자체가 낯설게 느껴지실 텐데요. 이 책의 주인공인 '니은서점'을 여러분에게 소개하려면 제가 니은서점을 차린 사정부터 설명드리는 것이 순서일 것 같네요.

2015년에 아버지가 돌아가셨습니다. 그리고 1년 2개월 후 어머니가 돌아가셨습니다. 대단한 지위를 누리지 않았던 평범한 분들이었기에 장례식 역시 평범했죠. 남들이 하는 그런 장례식, 상조회사에서 시키는 대로 따라하는 서글픈 장례식, 어느 점에서든 특별할 것 없는 장례식이었습니다. 상주가 되어 문상객들을 맞이했고, 그분들은 부모님이 멀리 떠나는 길에 노잣돈이라도 하라며 조의금으로 아쉬운 마음을 표현하셨습니다.

장례 비용을 정산했더니 조의금이 약간 남았습니다. 함부로 쓸 수 없는 돈이었어요. 아버지와 어머니에게 가장 잘 어울리는 방식으로 써야 한다고 생각했습니다. 아버지는 혹시라도 주변에 어려운 처지에 놓인 사람이 있으면 돌려받지 못할 것을 뻔히 알면서도 기꺼이 돈을 빌려주시곤 했어요. 어머니는 가난이라는 유년 시절의 결핍을 베푸는 태도로 바꿔놓으신 분입니다. 배우려는 의지는 강하지만 가난이 그 의지를 가로막고 있는 사람을 알게 되면 늘 돕고 싶어하셨습니다.

부모님의 살아생전 뜻을 염두에 둔다면, 그 돈으로 장학기금을 조성하면 좋았겠으나 그러기에는 부족했습니다. 잠정적으로 더 의미 있는 계획을 마련할 때까지 보관하기로 했습니다. 우리 가족은 그 돈을 '레인보우 펀드'라 불렀는데요. 이 이름은 아버지와 어머니가 1950년대에 운영하셨던 〈레인보우 클럽Rainbow Club〉에서 따왔습니다. 레인보우 클럽이 궁금하시다면 제 책《인생극장》을 읽어보시면 됩니다. "아니, 뭐야 이 사람. 책 초반부터 자기 책 영업을 하는 거야?"라는 생각이 당연히 드실 텐데요. 그게 말입니다. 제가 좀 수줍음이 많은 사람이라, 절대 다른 사람에게 제 책 홍보를 못하는 성격이었는데 서점의 북텐더가 되다보니 어느새 이런 능청스러움이 생겼네요.

레인보우 펀드를 어떻게 운영해야 부모님의 뜻을 제대로 살릴 수 있을까 고민하던 차에 부모님이 살았던 시대, 제가 살고 있는 시대, 그리고 부모님의 손자 손녀인 제 조카들이 저보다 훨씬 많이 살아내야 하는 시대의 환경적 차이를 생각하게 되었습니다.

개인의 능력과 의지가 한 사람의 삶을 결정하기도 하지만, 그것 못지않게 태어난 시대가 개인에게 허락하는 조건으로 한 사람의 삶이 결정되기도 합니다. 부모님의 경우가 그랬습니다. 부모님은 교육이 보편적이지 않았던 시대에 태어나셔서 교육을 제대로 받지 못하셨어요. 특히 어머니는 가난한 집에서 태어난 재능 넘치는 여자였기에 배움에 대한 의지가 강했는데, 교육을 제대로 받지 못한 자신의 한을 자식 뒷바라지에 헌신하는 것으로 풀어냈습니다.

저는 교육받지 못했으나, 아니 교육받지 못했기에 자녀의 교육에 관한 한 아낌이 없었던 부모의 밑에서 자라서 교육받을 수 있었고 그 덕택에 사회학자가 되었습니다.

제가 대학을 다니던 1980년대만 하더라도 대학만 졸업하면 취업 준비를 하지 않고도 직장을 얻는 데 어려움이 없었습니다. 그런 시대를 살았던 덕택에 전 다른 고민 없이 하고 싶은 공부를 마음껏 할 수 있는 행운을 누렸지요.

1985년에서 1990년 사이에 태어난 저의 조카들은 부모님의 입장에서 보자면 1924년생 할아버지, 1936년생 할머니 세대이는 달리 대학교육이 보편화된 세대에 속합니다. 아니 너무 보편화된 나머지 대학 졸업장이 아무런 위력을 발휘하지 못하는 시대를 살고 있습니다.

조카들은 모두 대학을 졸업하고 직장생활을 하고 있어요. 이 시대의 평균적인, 그 또래의 삶처럼 고용이 안정적이지도 않고 넉넉한 보수를 받는 처지도 아니에요. 그들은 대학교육을 받았음에도 사회인이 되자 점점 지식과 책의 세계로부터 멀어지고 있습니다. 책을 읽고 싶다는 생각은 늘 머릿속에 있지만 출퇴근길의 지하철이 너무 복잡해서 퇴근하면 몸이 너무 피곤해서 책을 읽을 수 없었고, 주말이 되면 부족했던 잠을 보충하느라 책 읽기는 뒷전으로 밀려나 있었던 것이죠.

교육받을 기회가 없었기에 책과는 거리가 먼 삶을 살았던 1세대, 1세대의 전폭적인 지원 덕택에 교육받을 수 있었고 그래서 책을 쓰는 사람이 되었던 2세대, 보편화된 대학교육을 받았지만 책을 읽을 수 있는 삶의 조건을 누리지 못하는 3세대, 지금 우리가 살고 있는 한국 사회의 3대代 풍경입니다.

지난 책 《인생극장》이 출간되고 난 후 저는 불러주기만 하면 먼 곳, 가까운 곳 상관없이 전국을 다녔습니다. 그리고 평범한 삶을 기록할 필요성에 대해 이야기했지요. 강연을 하면 제겐 강연료가 생겼지만, 저는 그 강연료를 저를 위해서 쓰는 게 마땅하지 않다고 생각했습니다. 왜냐하면 《인생극장》은 제 능력으로 쓴 책이 아니라 부모님의 인생으로 쓴 책이기에, 이 책으로 생긴 수익은 제가 아니라 부모님께 돌아가야 한다고 생각했던 거지요. 살아 계셨다면 부모님이 좋아하시던 음식을 대접할 수도 있었겠지만, 그럴 수 없었기에 저는 두 분을 기억하는 방법을 선택했습니다. 《인생극장》의 인세, 《인생극장》으로 받은 전숙희 문학상의 상금 그리고 강연료를 부모님 세대의 한계를 뛰어넘고, 그 자녀 세대의 성과를 공유하고, 조카 세대의 아쉬움을 달랠 수 있는 공간을 만드는 데 써야겠다고 결심했습니다. 그 공간이 니은서점입니다.

경기도 파주군 광탄면에 사는 동네 사람들은 저희 집을 '삼거리 노 씨네'라 불렀습니다. 사람들이 저희 집을 부르던 그 느낌을 살리기 위해 '노 씨네'에서 니은(ㄴ)을 따와서 '니은서점'이라 이름 지었습니다. 니은서점은 사적으로는 아버지와 어머니, 그리고 할아버지와 할머니의 뜻을 기억하는 공간이자, 책에 담겨 있는 지식이 보다 많은 사람들에게 전달되기를 기대하는 '삼거리 노 씨네'의 막내아들과 손자 손녀의 소망이 담긴 공간입니다. 그리고 니은서점은 사람들과 같이 공부하고 세상에 대해 이야기를 나누기 위해, 연구실에 고립되어 있던 사회학자의 책상이 옮겨진 장소이기도 하죠. 2018년 9월 2일, 니은서점은 이렇게 시작되었습니다.

니은서점 한편에는 제가 1993년 독일에 유학 간 지 한 달 만에 어머니로부터 받은 편지가 담긴 액자가 놓여 있습니다. 니은서점이 문을 열던 날, 저는 편지를 받은 지 수십 년이 지나서야 어머니에게 답장을 썼어요. 여기 어머니의 편지와 저의 뒤늦은 답장을 옮겨둡니다.

니은서점 책장 중앙에 부모님 사진을 놓아두었습니다.

병수야

너의 소식 다 들었지만 엄마는 걱정이 많이 된다

고생많지 직접 밥해먹기 힘들지

이제는 한달이 넘어으니까 많이 생활에 익쑥해 졌지

그 생활 몇년 해야 하니까 머리를 잘 짜서해

책 부치는것 시장너의 고등학교 선배 승철이 엄마한테 물어 보니까 배로 부치지 말래 3달걸렸대

그러고 물건이 망가 졌대

엄마 생각에 급한게 아니면 너 왔다 갈때 와서 가지고 가면 어떠니 30키로 가지고 가고 들고 20키로 가지고 가면 안될가 나머지는 부치고 담요 먼저 미군 통해서 부친다

먼저 너하고 물건 부치러 간대 너 전화 번호 있으면 가르쳐 주어 돈이 좀 더 들드라도 비행기로 부처보게

11.28 형 생일이야 엄마 먼저 부탁한 것 잊지마

성당에 찾아나가 성수물 뿌리면서 내죄를 사하여 주시고 마귀를몰아내며 악한마음먹지 않게 해달라고 하면서 성수 가끔 뿌려

마음속으로 기도많이 해야 한다

내마음대로 되지 않고 하느님 뜻이 있어야 된다

꼭 교수가 되리라는 확신을 가지고 기도하면서 공부해라 할 말을 편지로 써가지고 팩시로 보내

몸조심 건강조심 담배줄여

건강해야 공부 할수 있다

엄마로부터

민우야

너의 소식 다 들었지만 엄마는 걱정이 많이 된다
고생 많지 직접 밥해먹기 힘들지
이제는 한달이 넘어스니까 많이 생활 익숙해 졌지
그 생활 몇년 해야 하니까 머리를 잘 짜서 해
책 부치는것 시랑너의 고등학교 선배 승철이 엄마한테
물어 보니까 배로 부치지 말래 3달걸렸대
그리고 물건이 망가 졌데
엄마 생각에 급한게 아니면 너왔다 갈때 와서 가지고 가면
어떠니 30키로 가지고 가고 들고 20키로 가지고 가면 안될가
나머지는 부치고 삼도 먼저 미군 통해서 부친다
먼저 너하고 물건 부치러 간대 너 전화 번호 있으면
가르쳐 주어 돈이 좀더 들드라도 비행기로 부쳐 보게
11.28 형 생일이야 엄마 먼저 부탁한것 잊지마
성당에 찾아 가 성수물 뿌리면서 내죄를 사하여
주시고 마귀를 몰아내며 악한마음먹지 않게 해달라고
하면서 성수 가끔 뿌려
마음속으로 기도많이 해야 한다
내마음대로 되지 않고 하느님 뜻이 있어야 된다
꼭 교수가 ~~되리라~~ 되리라는 확신을 가지고 기도하면서
공부해라 할말을 편지로 써가지고 팩스로 보내

몸조심 건강조심 담배 줄여
건강해야 공부할수 있다

엄마로 부터

엄마에게

엄마 잘 있지? 아주 오래전에 엄마로부터 받은 편지가 있어. 지금도 잘 간직하고 있는 편지야. 그때 편지를 받고 아마 답장을 썼을 거야. 그 편지가 지금 어디에 있는지 모르지만, 오늘 엄마에게 다시 답장을 써야겠다고 생각했어.

그사이에 많은 일이 있었지? 여전히 엄마가 그립지만 우리는 서로 만날 수 없는 처지가 되었어. 언젠가 꿈에서 엄마는 "나는 미국에서 잘 살고 있으니까 날 찾지 말아"라고 했어. 내가 "엄마 미국 어디야?"라고 물었는데도 엄마는 알 필요가 없다고 했어. 꿈에서 깨어났는데 한편으로 섭섭했어.

그렇게 말했지만, 엄마도 여기 소식이 궁금하지? 있었던 일 중에서 엄마가 기뻐할 소식을 하나 전할게. 엄마가 기다리던 책 《인생극장》이 출판되었어. 엄마, 책 나오면 출간행사 같이 다니고 싶어했잖아. 나 혼자 전국 방방곡곡으로 강연을 다녔어. 강연료로 연신내에 서점을 차렸어. 그리고 식구들의 성을 따서 '니은서점'이라고 이름 지었어.

니은서점을 보신다면 아버지는 이렇게 말하실 거야. “딱 니 어머니가 좋아하실 곳이다.” 혹시라도 아버지와 함께 있으면 아버지에게도 소식 전해줘. 그리고 아버지와 함께 서점에 놀러 와. 엄마가 앉던 의자도 여기 있고 엄마 모자, 아버지가 낚시 가실 때 쓰던 칼도 여기 있어. 그리고 당연히 엄마, 아버지 사진이 서점에서 제일 좋은 위치에 놓여 있어. 그러니까 미국이 아무리 좋아도, 그래도 가끔 아버지와 함께 와서 서점 구경하고 가.

아들 명우가

엄마에게,

엄마 잘 있지? 아주 오랜만에 엄마한테 받은 편지가 있어. 지금도 잘 간직하고 있는 편지야. 그때 편지를 받고 아마 내가 그때에도 답장을 썼을거야. 그 편지가 지금은 어디에 있는지 모르지만, 오늘 엄마에게 답장을 다시 써야겠다고 생각했어.

그 사이에 많은 일이 있었지! 여전히 엄마가 그립지만 이제는 만날 수 없는 처지가 되었어. 언젠가 꿈에서 엄마를 서로 만났을 때 "나는 미국에서 잘 살고 있으니 걱정말어" 그러셨어. 내가 '엄마 미국 어디야?' 그러고 물었는데도 엄마는 말 할 필요가 없다고 했어. 꿈에서 깨어났는데, 혼자서도 섭섭했어.

그렇게 말했지만 엄마도 여기 소식이 궁금하지? 있었던 일 중에서 엄마가 기뻐할 소식을 하나 전할게. 엄마가 기다리던 책 <인생길>이 출판되었어. 엄마, 책 나오면 축하해서 같이 떠나고 싶어 했잖아. 나 혼자 전국방방 곳곳으로 강연을 다녔어. 강연회도 연신니에게 시집을 주었어. 그리고 식구들의 삶을 따라서 <나의시집>이란 아들 지었어.

<나의시집>을 보신다면 아버지는 이렇게 말하실거야. "딸아, 어머니가 좋아하실 꿈이다" 하시라도 아버지는 함께 있으면 아버지에게도 보시 전해줘. 그리고 아버지랑 함께 시집에 올라. 엄마가 없던 일이라도 여기 있고 엄마 몰래 아버지가 넘시가신 때 쓰던 글도 여기 있어. 그리고 당연히 엄마 아버지 사진이 시집에서 제일 높은 위치에 놓여 있어. ~~나는 엄마~~ ~~그래도 가끔은~~ 그러니까 미국은, 아니 천국에도 그래도 가끔 아버지와 함께 보며 시집 기억하라고.

아들 병우가.

어쩌다가 북텐더가 되었죠.

아마도 2018년 5월의 어느 날이었습니다. 졸업 이후에 소식이 끊기는 제자도 있지만, 잊지 않고 스승의 날이 되면 안부를 전하는 제자도 있습니다. 제자 김우진이 식사를 같이 하자고 요청했습니다. 기쁜 마음으로 약속 장소에 갔습니다. 오랜만에 보는 반가운 제자들이 많이 모여 있었습니다. 식사를 하면서 그동안 서로 알지 못했던 근황도 묻고 결혼이며 승진이며 밀려 있던 기쁜 소식도 알렸죠. 식사 시간만으로는 그동안 쌓여 있던 이야기를 다 나누기에 부족했습니다. 차를 마시면서 못다 한 말을 이어갔습니다.

식사를 하면서 서로 좋은 소식만을 알렸지만, 차를 마시면서는 각자의 마음 한구석에 있는 아쉬운 이야기, 약간은 슬프거나 절망적인 사연, 부끄러운 고백 등이 쏟아졌습니다. 한 친구는 허전함을 털어놓았어요. 회사에 다니면서 돈도 벌고, 그래서 학생 때는 꿈만 꾸던 해외여행도 가고 비싼 물건도 사고 그러지만, 그것만으로는 채워지지 않는 마음 깊은 곳의 아쉬움이 있다고 하니 다들 그 말에 공감했습니다. 그리고 이야기 주제가 자연스럽게 옮겨졌지요.

대학에 다닐 때는 몰랐는데, 막상 사회에 진출하고 직업 노동에 전념하다보니 사고의 폭이 줄어들어 가끔은 "내가 정말 대하 나온 사람 맞아?"라는 생각까지 하게 된다는 제자도 있었습니다. 우리가 살고 있는 도시에는 스트레스를 풀 수 있는 공간과 시설은 참 많은데, 사는 의미를 찾고 의미를 교환할 수 있는 공간과 시설은 너무나 부족해서 그런 것 같다는 나름의 해석을 하는 제자도 있었습니다.

이야기가 꼬리에 꼬리를 물며 전개되다가 책으로부터 거리가 멀어져도 너무나 멀어진 우리의 평균적 삶의 모습이 대화 주제로 떠올랐습니다. 시간이 없어서 책을 읽지 못한다는 진단부터, 가까운 곳에 서점이 없기 때문이라는 해석과, 사실 우리는 책 읽기를 두려워하거나 어려워하는 게 아닐까 하는 의견에 이르기까지 다양한 말들이 오고 갔지요. 각자 책과 멀어진 원인에 대한 해석은 달랐지만, 책이라는 미디어를 사람들이 좀더 빈번하게 접할 수 있다면, 그러기 위해 서점이 책 속에서 의미를 찾고 그 의미를 다른 사람과 나눌 수 있는 공간이 될 수 있다면 각자의 마음속에 있는 헛헛함에 대한 해결책이 될 수 있지 않을까 하는 결론에 도달하게 되었습니다.

저는 구상 중이던 서점에 대해 이야기를 했습니다. 다들 좋은 생각이라고 호응해준 덕분에 제가 생각을 잘못한 게 아니구나 확인할 수 있어서 내심 안심했습니다. 다들 다른 자리에서 쉽게 말하지 않았던 이야기를 털어놓는 그 분위기에 편승해 저도 고민을 이야기했습니다.

저는 사회학자입니다. 사회학은 사회를 연구하는 학문입니다. 사회학은 사회로부터 고립되면 존재 이유 자체가 위험해지는 학문입니다. 사회학과에 입학한 학생들은 제일 먼저 전공필수 과목 '사회학 개론'을 배웁니다. 사회학 개론은 말 그대로 사회학 전공 학생들에게 사회학이란 학문에 입문하도록 사회학을 개괄하는 과목입니다. 학생들은 입학하면 사회학 개론을 통해 사회학이라는 학문에서 다루는 주제 전반에 대해 일종의 맛보기를 하는 것이지요. 사회학 개론의 교과서로 아마 세계에서 가장 많이 사용되는 책이 앤서니 기든스와 필립 서튼이 집필한 《현대 사회학》일 겁니다. 워낙 많이 쓰이다보니 현재까지 8판이 출판되었는데요. 판을 거듭하면서 책이 점점 두꺼워져서 급기야 1119쪽에 달하는 엄청난 벽돌책이 되었습니다. 저도 강의 시간에 이 책을 교재 삼아 학생들에게 사회학을 가르칩니다.

그날 저는 같이 식사를 했던 제자들이 대학생이었던 때는 할 수 없었던 이야기를 솔직하게 털어놓았어요. "이제야 말하지만 사회학 개론 가르치는 게 너무 어려워." 과목의 난이도로만 보자면 다른 전공선택 과목에 비해 높지 않아서, 자다가 일어나서 가르치라고 해도 할 수 있을 정도로 그 내용은 대부분 머릿속에 저장되어 있거든요. 그런데 왜 힘드냐구요? 사회학 개론에서 다루는 항목 때문이에요. 예를 들면 노동, 직업, 생애주기, 건강과 죽음 이런 문제입니다. 그런데 이 강의를 누가 수강할까요? 열아홉 살인 대학 신입생입니다. 그들은 지금까지 어떤 삶을 살았을까요?

일단 그들이 중산층 가족의 자녀라고 가정해보겠습니다. 한국 중산층 가족의 부모가 자녀에게 해줄 수 있는 최고의 보살핌은 자녀가 공부에 전념할 수 있도록 해주는 것이겠지요. "넌 아무 걱정하지 말고 공부만 열심히 하면 돼." 그렇습니다. 대부분의 열아홉 살 대학 신입생은 이런 과정을 거쳐 대학에 들어옵니다. 그들은 '공부만' 했어요. 그런데 사회학 개론은 '공부만' 했던 사람은 체험하지 못한 사회 현상을 다룹니다. 그러니 이를테면 아직 가까운 사람의 죽음을 경험해보지 않은 그들에게 인간의 생로병사에 대한 사회적 관습의 변화를 설명하려면 정말 어려워요.

반면 제가 대학 외부에서 강연을 할 때, 청중은 사회학과는 전혀 관계없는 분들이죠. 그분들이 사회학 개론 강의를 듣지는 않았을 텐데 교과서에 있는 내용을 언급하면 대다수의 분들이 "맞아 맞아"라고 맞장구를 칩니다. '감정 노동'이라는 개념을 열아홉 살 신입생에게 알려주려면 아주 긴 설명이 필요한데요. 그분들에게 "가고 싶지 않았던 노래방에서 마이크 들고 노래 불러본 경험 있으시죠?"라고 물으면 다들 "그럼요 그럼요"라고 답해요. 그때 "그런 게 이른바 '감정 노동'입니다"라고 말하면 제가 강의실에서 '감정 노동'을 설명할 때 목격하던 열아홉 살 신입생의 눈빛과는 전혀 다른 눈빛을 접하게 됩니다.

제가 이런 이야기를 하니까 한 제자는 이런 말을 했어요. 대학 강의실에서 들었던 이야기 중에서 나중에 사회생활을 하면서 "아 이게 그때 강의실에서 들었던 그거구나"라는 생각을 뒤늦게 하게 되는 것이 있다는 거죠. 아뿔싸. 사회학이라는 학문을 둘러싸고 있는 이 시간 차이! 정작 대학에 다니는 동안은 쉽게 겪을 수 없지만, 뒤늦게 사회생활을 하면서 찾아오는 사회학에 대한 깨달음의 순간. 그 차이를 어떻게 메울 수 있을까에 대해 이야기해보니, 저는 서점이 어떤 곳이 되어야 하는지 좀더 구체적으로 상상할 수 있게 되었습니다.

저의 서점은 대학과 사회를 잇는 공간이 되면 좋겠다고 생각했습니다. 그래서 사회학이라는 학문이 사회로부터 고립되지

싫는 공간, 시치에 대한 이해를 필요로 하는 생활인이 자신의 궁금증을 풀어낼 수 있는 공간이어야 한다고 생각했습니다. 이렇게 정리되다보니, 그럼 '나는 어떤 역할을 해야 하는가'라는 다음 질문이 생겼어요. 학교에서는 제 역할이 분명하지요. 교육자이자 연구자입니다. 그런데 제가 서점에서도 교육자이자 연구자일 수 있을까요? 당연히 아니지요. 생각만 해도 끔찍하지 않으세요? 어떤 서점이 있는데, 그 서점에서 손님을 맞이하는 사람이 교육자 역할을 한다고 하면 저부터도 그 서점에 가고 싶은 마음이 사라지는데요.

'훈장질'하는 사람이 아니라 돕는 사람이 서점에 필요하다고 생각했습니다. 자기 학식을 자랑하는 사람이 아니라 책이 필요하고 책을 읽고 싶어하는 사람을 돕는 사람을 무엇이라 불러야 할지 함께 고민하기 시작했습니다. 점원? 너무 소극적인 역할인 것 같아 탈락시켰습니다. 책방 주인? 틀린 말은 아니지만 정답도 아니라는 의견이 대세였습니다. 콘시어지? 요즘 호텔에서 사용하던 이 용어를 확대해서 쓰기도 하지만, 콘시어지는 뭔가 유행을 추종하는 허세가 느껴져서 이 또한 적당한 용어가 아니었어요.

그때 제자 김우진이 바텐더 이야기를 꺼냈습니다. 가끔 가는 바가 있는데, 바텐더 때문이라면서요. 사실 칵테일은 종류가 너무 많아서 바에 가더라도 무엇을 마셔야 할지 모르는 경우가 많잖아요. 우진이도 처음에는 그랬다고 합니다. 그랬는데 바텐더가 이것저것 묻더랍니다. 저녁은 언제 먹었느냐, 어떤 음식을 먹었느냐 하면서요. 대답을 하니, 그렇다면 이런 칵테일이 손님에게 맞을 것 같다면서 그 이유를 조근조근 설명해줬다는군요. 그 후 우진이는 그 바의 단골이 되었다는 거예요. 자신도 바텐더가 바에서 얼마나 중요한 역할을 하는지 처음 알았다고 하면서 "서점에 필요한 사람은 그런 사람이 아닐까요?"라고 덧붙였습니다. 저는 거기서 힌트를 얻었습니다. 바텐더는 바bar라는 단어와 '부드럽게 하다, 소중히 하다'라는 뜻의 '텐더tender'라는 단어가 결합된 말이라고 합니다. 그렇다면 책book을 어렵게만 여기는 사람들에게 책을 '부드럽게' 만들어줄 수 있는 사람, 그런 역할을 하는 사람이 서점에 반드시 필요하다는 결론에 도달하게 되었습니다. 우리는 그 사람을 북텐더booktender라 부르기로 했고 저는 니은서점의 북텐더가 되기로 했습니다.

북텐더가 된다는 것은 저에게 새로운 도전이었어요. 생각해보면 저는 지금까지 학교라는 울타리를 벗어난 적이 없습니다.

학생이었을 때는 칠판은 쳐다보는 자리에 앉아 있었고, 지금은 칠판을 뒤로하고 가르치는 교수가 되었습니다. 제 인생에서 학교 밖에서 보낸 시간은 학교에 들어가기 전의 시간뿐이라, 저도 잘 기억하지 못하는 어린 시절을 제외하면 저의 모든 시간은 학교에서 보낸 시간입니다. 헤밍웨이가 대학교수가 된 작가에 대해 한 말이 있습니다. "대학교수로서의 삶은 외적 경험에 종지부를 찍음으로써 세상에 대한 지식의 확장을 제한할 수 있다."• 저로서는 정말 고개를 끄덕일 수밖에 없습니다.

그리고 솔직하게 말하자면 교수라는 직함을 갖고 있는 사람에 대한 세간의 이미지는 그다지 긍정적이지 않습니다. 철밥통 차고 앉아 세상이 어떻게 돌아가는지도 모르면서 잘난 척하는 사람, 남의 말을 듣지 않고 그게 누구든 일단 가르치려 드는 훈장질이 몸에 밴 사람, 출판계로 좁혀본다면 책을 자기 돈으로 사지 않고 증정만 받으려고 하는 사람, 한국어인지 외계어인지 대체 무슨 말인지 알 수 없는 희한한 '교수체'로 글을 쓰는 사람.

저라고 다른 사람이었겠어요? 그 오랜 기간을 학교에만 있었으니 대학 밖 사회인이 보면 단박에 '학교에만 있었던 사람이

• 파리 리뷰, 권승혁 김진아 김율희 옮김, 《작가란 무엇인가》, 다른, 2019, 421쪽.

구나' 알아챌 수밖에 없는 독특한 말투나 태도를 분명 갖고 있을 겁니다. 니은서점의 북텐더가 된다는 것은 명함에 교수라는 직위, 박사라는 학위를 쓰지 않는 것만으로는 부족하지요. 저를 재구성해야 하는 일이었어요. 대학이라는 울타리 안에만 있으면서 몸에 배인 습관을 떨어내야 했고, 가르치는 말투를 버리고 함께하는 말투를 익혀야 했고, 은어 같은 전문 용어로 말하는 게 아니라 생활 용어로 말하는 방법을 터득해야 했고, 교단 위에서 낮은 곳에 앉아 있는 학생을 내려다보는 사람에서 올려다보거나 내려다보지 않고 동등한 높이에서 타인과 시선을 교환하는 사람이 되어야 했습니다.

과연 변신에 성공했는지 궁금하시죠? 그건 앞으로 차근차근 여러분에게 들려드릴 니은서점 이야기에서 여러분이 판단해 주시길 바랍니다. 그 평가를 제게 맡기면, 숨어 있던 교수 본능이 다시 분출될 위험이 여전히 있으니까요.

전혀 힙하지 않은 연신내에 서점을 차리기로 결심하고,

북텐더가 되기로 했으니 북텐더가 활동할 무대인 서점이 필요합니다. 그런데요, 서점을 어디에 열어야 할까요? 북텐더로 변신하는 데 첫번째로 부딪힌 현실의 벽은 서점의 콘셉트 잡기 같은 게 아니었어요. 임대료라는 시장경제의 현실적인 벽이었지요. 전 건물주가 아닙니다. 서점을 열 공간이 필요해지니 세상의 모든 건물주가 부러워지기 시작했습니다(물론 예전에도 건물주를 동경했지만, 본래의 부러움에 절실함이 더해졌습니다).

건물주가 아니라면 한 가지 방법만 남아 있습니다. '건물주로부터 공간을 임차하는 것' 말입니다. 이 표현은 사회학 개론 강의 시간에나 쓸 법한 전형적인 교수 말투이니 생활인의 언어로 바꿀게요. 세를 얻어야 하는 겁니다. 어디서부터 시작해야 하나요? 임차인이 되는 방법은 사회학 개론 교과서에 없습니다. 이 세상 온갖 문제를 다루는 것처럼 보여도 생활인의 관점에서 보자면 사회 현실을 반영하지 못한다는 평범한 사실을 다시 깨달았습니다.

학교에 오래 있었던 사람 특유의 습관이 있죠. 모든 것을 책으로 해결하려는 태도 말입니다. 제가 서점을 구상하면서 처음에 한 일은 생각해보니 참 어처구니없게도 서점에 가서 서점에 관한 책을 사서 읽는 거였어요. 그렇게 책을 몇 권 읽었는데, 어던 책에도 서점을 차리려면 제일 먼저 해야 하는 가게 터를 임차하는 법에 대해서는 나와 있지 않더군요. 《책공장 베네치아》《지구상에서 가장 멋진 서점들에 붙이는 각주》《시간이 멈춰선 파리의 고서점》 이런 책을 읽었더니, 오히려 유럽 책방 투어를 가고 싶다는 자극만 받았을 뿐이었어요. 책을 덮었습니다. 잠시 책과 거리를 두어야 책방을 차릴 수 있을 것 같았어요.

포털 사이트에서 서울시 지도를 펼쳤습니다. 서울은 참 큰 도시더군요. 그 큰 서울에서 제가 감당할 수 없는 지역을 하나씩 서점 후보지 리스트에서 지워가기 시작했습니다. 제일 먼저 강남. 정확한 임대료를 모르지만 강남은 왠지 감당할 수 없을 것 같았습니다. 경제적으로나 심리적으로나. 서울에 살지만 강남에는 갈 일도 별로 없어서 지리도 잘 모르고, 제가 아는 사람 중에 강남에 사는 사람은 거의 없기도 하거든요. 출판사는 대부분 파주 출판단지에 있거나 서울에 있어도 주로 강북 지역에 있기에, 특히 출판 관련된 사람을 만나면서 강남이 약속 장소였던 적은 한 번도 없었어요. 강남을 제일 먼저 후보지에서 탈락시켰습니다. 제가 강남을 거부한 것입니다. 강남이 아니라.

그다음으로 집에서 가까운 곳을 염두에 두었어요. 저는 서울시 중구에 사는데요. 그래서 종로구와 중구의 이곳저곳을 답

사했습니다. 북촌을 다녀보니, 임대료를 감당할 수 있는 지역이 아니었습니다. 북촌이 안 되면 서촌은 어떨까 해서 서촌으로 갔다가 동네에 딱 어울리는 한옥 서점 '서촌 그 책방'을 발견해서 대표님께 인사하고 커피만 얻어마시고 나왔습니다. 서촌은 서점을 잘 포근하게 안아줄 것 같은 분위기였는데요. 아쉽게도 서촌 그 책방이 있으니까 서촌에 서점은 더 필요하지 않겠다고 생각했습니다. 다음에는 을지로 구석구석을 다녔죠. 제 기억 속의 오래된 서울 을지로 골목 사이사이에 하나둘 들어서기 시작한, 옛 을지로를 '힙지로'로 만들어주는 가게들의 위풍당당한 인테리어는 마치 '여기는 서점이 들어설 곳이 아니야, 어디 감히 여길 넘봐'라며 째려보는 것 같았습니다.

제 머릿속에서 떠오르는 시내는 이미 '핫 플레이스'가 된 곳이었어요. 홍대 합정 부근도 갔었는데, 작은 평수여도 월세 200~300만 원은 필요하다는 이야기를 듣고 포기해야 했습니다. 게다가 그 지역엔 사실상 연예인의 영향력을 지닌 김소영 오상진 부부의 책방도 있으니까요. 해방촌도 가봤는데요. 거기서 책방을 열었던 노홍철 씨가 책방이 있던 건물을 팔아 약 7억 원의 시세 차익을 남기고 책방은 접었다는 기사를 보고 역시 포기할 수밖에 없었어요. 게다가 해방촌엔 '고요서사'라는 레전드급 독립 서점도 있으니까요. 미디를 귀띔고 있는데 알고 지내던 출판사 클 대표님한테서 전화가 왔어요. 한번 놀러 오라 하시길래 출판사로 갔습니다. 보통 출판사하면 합정동 부근이나 파주를 연상하시지만, 출판사 클은 연신내에 있습니다. 대표님과 이런저런 이야기를 나누다가 서점 위치를 고민 중이라고 말했더니, 연신내가 어떻겠냐고 하시더군요. 그리고 마치 곧 은평구 구의원에라도 출마할 사람처럼 연신내의 특장점을 힘주어 설명하셨죠.

연신내가 어디에 있는지 모르신다구요? 네, 그럴 수 있죠. "아니 연신내도 모르세요?"라고 타박할 수는 없다는 걸 제가 잘 압니다. 연신내가 특별한 곳은 아니거든요. 한때 김수현 드라마에 자주 등장했던 성북동이나 가회동처럼 드라마의 배경이 된 적도 없습니다. 유명한 동네가 아니다보니 보통 연신내라고 하면 강북 도심에서 한참 떨어진 곳이라고 여기시는 분이 많아요. 하지만 사실 연신내는 시내 중심으로부터 그리 멀지 않습니다. 통일로를 따라 전용차선을 달리는 버스를 타면 무악재를 넘어 서울역까지 30분 내외로 갈 수 있는 곳이지요. 게다가 지하철 3, 6호선 환승역에 수도권광역철도GTX가 개통 예정인 교통의 요지 중의 요지입니다. 물론 강남이나 경기 남부에 거주하는 분에게 연신내는 멀게 느껴질 수도 있을 거예요.

사실 제겐 연신내가 낯선 동네가 아닙니다. 제가 은평구 갈현동에 있는 대성중학교를 다녔었거든요. 《인생극장》에도 썼지만 제가 초등학교(당시로는 국민학교)를 졸업할 때 제가 살던 파주군 광탄면 근처에는 인문계 고등학교가 없었어요. 문산의 문산종합고등학교에는 인문반이 있긴 했지만 광탄에서 문산까지는 한 번에 갈 수 있는 버스도 없었을 뿐만 아니라 광탄에서 문산까지의 거리와 광탄에서 연신내까지의 거리가 크게 차이 나지 않았습니다. 그래서 당시 광탄에서 인문계 고등학교에 진학할 예정인 아이들은 은평구로 '보통 주소를 옮겨서(보다 정확하게 말하자면 위장전입을 해서)' 은평구에 있는 중학교로 진학하곤 했습니다. 저 또한 그렇게 연신내의 대성중학교로 전학을 갔습니다. 연신내는 제가 유년 시절을 보낸 곳입니다. 그래서 저는 1970년대의 연신내 풍경을 아주 잘 기억하고 있습니다.

오랜만에 연신내에 갔습니다. 마치 고향집을 방문하는 느낌이었어요. 그사이에 연신내는 변한 듯하면서도 그대로였어요. 예전의 흔적을 전혀 찾아볼 수 없는 곳도 있었지만, 예전 모습 그대로인 곳도 많았습니다. 양지극장은 사라졌더군요. 시험이 끝나고 나면 단체 관람을 가던 극장이었는데요. 양지극장 주변의 음식점들은 예전의 그 모습을 유지하고 있고 범서쇼핑센터

늘 사람이 붐비는 연신내역 6번 출구 부근.

가 있던 자리엔 롯데슈퍼와 스타벅스 그리고 올리브영이 들어섰는데, 건물은 옛 모습 그대로였습니다.

연신내는 사실 '힙한' 동네는 아닙니다. 연남동도 합정동도 아니고, 을지로나 한남동과도 전혀 다른 분위기입니다. 연신내는 아주 평범한 도시의 부심입니다. 저는 평범한 곳을 좋아합니다. 특별한 케이스도 사회학적 연구 대상이지만, 저는 평범함 속에서 시대의 보편성을 찾는 게 사회학자로서의 임무라고 생각하거든요. 연신내는 평범해서 설레는 곳입니다.

휴일에 연신내역 근처로 가보신 적 있으신가요? 여기만큼 사람으로 북적이는 곳이 또 어디 있을까 싶을 정도로 유동 인구가 많은 곳입니다. 오가는 사람들의 복장도 제각각입니다. 연신내역 출구 주변엔 예전처럼 조그만 '다라이'를 늘어놓고 깔끔하게 손질한 쪽파부터 콩이며 상추에 이르기까지 각종 농산물을 파는 할머니들이 많습니다.

알록달록 등산복을 입은 등산객을 빼놓고 연신내 휴일 풍경을 말할 수 없지요. 예전 같지는 않지만 휴일에는 군복 차림도 꽤 볼 수 있어요. 군부대가 가깝기 때문이지요. 연신내 주변에는 중고등학교도 많습니다. 제가 다녔던 대성중학교를 비롯해서 연서중학교가 있구요. 고 최진실 씨가 다녔던 선일여고, 강수연 씨를 배출한 동명여고, 가수 이정석 씨와 유열 씨가 다녔던 대성고등학교에 이르기까지 예나 지금이나 학생들이 많이 지나다니는 거리예요. 군인, 학생 그리고 등산객 사이사이로 누군지 알 수 없는 평범한 옷차림의 아저씨 아줌마가 오가지요.

역 주변을 오가는 사람들은 이렇게 다양한데요. 연신내 사거리를 기준으로 이들이 주로 이용하는 지역은 제각각입니다. 등산객의 주요 활동 무대는 연서시장입니다. 연신내역 2번 출구와 이어지는 연서시장 안으로 들어가면 정말 넓은 '먹자골목'이 나오는데요. 그곳이 등산복 입은 사람들의 주 활동 무대입니다.

양지극장 주변 골목길.

연신내역 6번 출구로 나오면 오가는 사람들이 훨씬 젊어진 것을 볼 수 있습니다. 그 주변은 이 지역에서 소문난 유흥가입니다. 술집 옆 술집, 그 옆의 카페와 식당이 빽빽하게 밀집해서 주말이면 거의 강남역 주변을 뺨칠 정도로 사람들이 모여드는 곳입니다.

5번 출구로 나오면 2번 출구나 6번 출구와는 또 다른 풍경입니다. 근방에는 아까 말씀 드렸던 양지극장 자리가 있습니다. 양지극장은 사라졌지만 사람들이 여전히 양지극장 골목이라고 부르는 곳이지요. 양지극장 골목을 지나칩니다. 그리고 쭉 직진합니다. 어, 연신내에도 서점이 있네요. 알라딘 중고서점이 큰길가에 위풍당당한 자태로 있습니다. 정말 크거든요. 발견하셨나요? 그럼 알라딘 중고서점을 끼고 왼쪽 길로 접어드세요.

차도와 인도가 구별되지 않은 제법 큰 길, 하지만 중앙선도 그려져 있지 않아서 골목이라 하기엔 크고 도로라 하기엔 뭔가 부족한 길입니다. 그 길을 따라 걷습니다. 평범한 동네 풍경이 펼쳐집니다. 연립주택 사이에 식료품 가게가 있구요, 주로 가족이 경영하는 작은 식당들이 그 사이사이에 있습니다. 그런데 이 길을 걷다보면 특이한 점을 발견하실 거예요. 부동산 스트리트라 불러도 될 정도로 이 거리에는 부동산이 많습니다. 부동산이 몇 개나 있는지 재미 삼아 세어보세요. 부동산 수를 세다보면 왼쪽에 갑자기 난데없이 아주 근사한 녹색의 상점을 발견하실 텐데요, 간판을 읽어보시죠. '니은서점'. 네, 거기입니다. 사회학자가 서점을 차리고 북텐더가 되겠다고 20여 년 만에 연신내로 돌아온 그곳입니다. 그런데 왜 연신내 중에서도 부동산 스트리트에 서점을 열었냐구요? 그 거리가 연신내에서도 임대료가 가장 저렴한 곳이라고 꿀벌부동산 사장님이 말씀하셨거든요.

꿀벌부동산의 소개로 서점 대각선 방향에 있는 만세부동산에서 영세 자영업자가 되는 계약서에 서명하고 상아부동산 옆에 자리 잡았습니다.

읽는 사람은 소수입니다. 지하철에서 책 읽는 사람을 찾기란 요즘엔 사실상 불가능에 가깝습니다. 연신내 사거리에서 지나가는 사람들을 물끄러미 바라봅니다. 이 중에서 주기적으로 책을 읽는 사람이 과연 몇 명이나 될까요? 아, 잠깐 여기서 중요한 포인트 하나. 책은 두 가지 의미로 사용될 수 있겠습니다. 첫 번째, 책을 미디어의 한 형식으로 사용하는 경우입니다. 이렇게 분류하면 그 미디어에 담긴 콘텐츠는 중요하지 않습니다. 책이라는 형식이 요구하는 요소를 충족하면 됩니다. 텍스트가 적힌 종이가 두루마리 형태가 아니라 낱장의 종이들을 제본하여 펼칠 수 있는 형태로 가공되어 있으면 그 모든 게 책이지요.

우리가 책을 미디어 형식으로만 이해한다면 대한민국은 정말 독서 인구가 많은 나라입니다. 스타벅스에 가보셨죠? 카페에서 공부한다고 해서 '카공족'이라 부르는 사람들의 성지와도 같은 곳입니다. 특정 지역, 특정 시간대의 스타벅스는 도서관보다 더 고요하기도 합니다. 커피를 마시면서 대화하려고 스타벅스에 온 사람이 오히려 눈치가 보일 정도로요. 카공족은 모두 책 몇 권씩 테이블 위에 펼쳐놓고 있습니다. TV 프로그램 〈어서와 한국은 처음이지?〉에 출연한 외국인이 한국의 스타벅스를 방문하면 아마 그 사람의 머릿속에 한국은 심지어 카페에서도 책을 읽는 나라라는 이미지가 입력된지도 모르겠습니다.

아마 우리가 요즘 사람들이 책을 읽지 않는다고 석성하는 목소리는 한국사검정능력시험 참고서를 읽지 않아서, 운전면허 필기시험 문제집을 읽지 않아서 그런 건 아니겠지요. 우리가 시험공부, 자격증 공부 등 실용적 목적으로 읽는 책을 제외하면 나머지 책은 어느 정도일까요? 허세를 위해서든 과시를 위해서든 습관적이든 아니면 중독 때문이든 그 이유가 무엇이든 간에 실용적 목적과 결합되지 않은 '무목적으로' 책을 읽는 사람이 좁은 의미에서의 이른바 인문 독자일 텐데요. 이 인문 독자는 전체 인구 중에서, 아니 좀더 좁혀서 책을 1년에 한 권이라도 사는 사람 중에서 어느 정도 비중일까요?

저도 정말 궁금했습니다. 혹시 자료를 뒤져보면 알 수 있지 않을까 해서 출판 관련된 연감을 찾아볼까 하다가 그냥 단념했습니다. 사실 덜컥 겁이 났어요. 증거를 찾지 않아도 인문 독자가 아주 작은 규모임은 너무나 분명했거든요. 그걸 굳이 확인해서 더 절망할 필요는 없다는 생각이 들었습니다. 몇 가지 에피소드만 겹쳐놓고 보면 인문 독자는 한국에서 정말 소수에 불과함을 추론할 수 있기 때문입니다. 제가 처음으로 책을 낸 게 2002년입니다. 문학과지성사에서 《계몽의 변증법을 넘어서》라는 제

목으로 출판되었습니다. 정말 어려운 이론서입니다. 인문 독자 일반을 위한 책이 아니라 소수의 연구자를 위한 책이에요. 그런데 2002년에 이 책을 출판할 때 초판 부수가 3,000부였습니다. 그래도 1쇄가 다 팔렸고 2쇄도 아마 1,000부를 찍었을 거예요. 2000년대 초반에는 학술서도 초판을 2,000~3,000부 찍는 게 일반적이었던 것이죠. 점점 초판 부수가 줄어들더니 요즘엔 1,000부까지 떨어졌다는 이야기도 심심찮게 들립니다. 이론서만 그런 게 아니라 대중적 에세이도, 인문사회과학 분야에 비해 독자 규모가 크다고 하는 문학도 크게 다르지 않다 하니 얼마나 인문 독자가 줄어들었는지 굳이 확인할 필요가 없는 거죠.

실용서나 참고서는 니은서점에서 팔지 않을 생각이었습니다. 잘난 척을 하려는 게 아니고, 제가 그 책들에 대해서는 아는 게 전혀 없거든요. 그래서 제가 팔 수 있는 책은 인문서에 국한됩니다. 그러니 대략이라도 추산해봐야겠더군요. 그래, 인문 독자가 전체 인구의 1퍼센트는 될 것이다. 대한민국 인구가 2019년 기준 5,200만 명이니까 그중 1퍼센트는 52만 명이네요. 아니, 이렇게 계산하니까 놀랍게도 결코 적지 않다는 생각이 들었죠. 게다가 니은서점은 서울에 있는데 수도권 인구가 대한민국 전체 인구에서 차지하는 비중이 50퍼센트이니까 서울 경기 지역 인문 독자는 52만 명의 그 절반 26만 명이나 됩니다. 심장이 뛰기 시작했어요. 가슴이 터질 것 같았습니다. 곧 돈을 벌 수 있을 것 같았거든요. 자그마치 26만 명이나 되는 걸요. 근거 없는 무한 낙관에 기반한 공상은 더 커졌습니다. 수도권의 그 26만 명 중에서 1퍼센트만 니은서점에 온다면… 이런 공상을 침 튀기며 아는 분에게 이야기했더니, 그분이 냉정하게 말하더군요. 세상 사람들은 저처럼 책을 많이 사지 않을 뿐만 아니라, 1퍼센트 정도일 수도 있는 열혈 인문 독자는 온라인 서점을 주로 이용한다구요. 그래요. 그게 인정하고 싶지 않지만 사실에 가장 가까운 콜드 팩트cold fact일 겁니다. 콜드 팩트 폭격을 당하고 나니까, 다시 겁이 나기 시작했습니다. 서점 운영은 낭만이 아니라는 것을 다시 한번 깨달았던 것이죠. 학자가 서점을 연다고 하면 뭔가 있어 보이지만, 그건 제 관점에서만 그런 거구요. 길거리를 지나는 사람의 시선에서 서점을 보면, 인문의 향기가 넘쳐나는 지성의 전당이 아니라 그저 그런 점방, 그것도 사양산업이라고 다들 말하는 영세 자영업자에 불과할 테니까요.

기왕 콜드 팩트로 환상을 부수기 시작했으니, 영세 자영업자의 현실을 한번 들여다볼까요? 한국의 자영업자는 669만 명이라고 합니다. 이를 산업별로 살펴보면 1차 산업에 115만 명,

2차 산업에 94만 명, 3차 산업에 460만 명입니다. 이제 저는 그 460만 명 중의 하나가 되는 것입니다. 그런데요, 자영업자라고 다 같은 자영업자가 아니죠. 종업원을 5인 이상 고용한 제법 규모가 있는 자영업자가 무려 28만 명이나 되네요. 갑자기 제 눈에 이 28만 명이 재벌급으로 보이기 시작했습니다. 니은서점의 경우처럼 자기가 자기를 고용한, 그래서 자기 인건비가 얼마인지도 모르는 채 손익계산을 할 때 자기 인건비를 계산하지 않는 영세 자영업자가 66만 명입니다. 저는 66만 명 중의 하나가 되는 거죠. 게다가 자영업자의 평균 소득은 임금노동자의 60퍼센트 수준에 불과합니다. 그리고 각자 동네에서 보셨죠? 얼마나 자영업자의 가게가 쉽게 바뀌는지.

니은서점이 문을 열 때만 해도 서점 부근 사거리에는 '보글보글'이라는 반찬 가게가 있었고, 그 건너편에 '총각수산' 그리고 서점 바로 건너편에는 '추억 82'라는 핫도그 가게가 있었는데요. 지금은 모두 사라졌습니다. 보글보글 가게 터는 한동안 비어 있다가 수입과자를 파는 가게가 되었고, 총각수산은 '동대문 곱창집'으로 바뀌었고, 추억 82 자리에는 '미인계'라는 통닭구이 가게가 오픈했는데, 1년을 버티지 못하고 새 가게가 들어섰습니다. 그 가게 역시 두 달 만에 주인이 바뀌어 지금 내부 공사 중입니다. 서점 바로 옆 건물의 편의점은 지금 점포 정리를 한다고 전 품목 20퍼센트 세일 중입니다. 왜 서점이 있는 이 거리에 부동산이 그렇게 많은지 비로소 이해됩니다. 부동산 스트리트는 한국 자영업자의 현실을 그대로 낱낱이 보여주는 현장인 셈이죠.

서점에 대한 다소 낭만적인 생각을 이렇게 콜드 팩트 폭격으로 씁쓸하게 정정하고 나니, 니은서점의 운영 계획도 점차 시장경제 법칙하에서 최선의 성과를 내는 것으로 바뀌었습니다. 첫번째 목표는 '오래 버티기'입니다. 그리고 생각했죠. 오래 버티려면 임대료가 매우 중요하다. 적어도 책 팔아서 임대료는 충당할 수 있는 정도로 임대료가 낮아야 한다. 어떤 경우에든 임대료가 월 100만 원을 넘어서면 서점은 도저히 버틸 수가 없을 것이기에 이 조건에 맞는 가게 터를 연신내에서 찾기 시작했습니다.

저를 연신내로 유치했던 마치 명예 은평구 홍보 대사 같은 출판사 클 대표님이 부동산을 소개해주셨어요. 그 부동산 이름이 꿀벌입니다. 꿀벌, 왠지 괜찮았습니다. 그래, 자영업자는 꿀벌이지 꿀벌. 꿀벌처럼 일하자는 생각으로 꿀벌부동산 사장님 소개로 몇 가게를 탐색했습니다.

연신내에서 유동 인구가 많기로 으뜸은 역시 매일 밤 불야성을 이루는 연신내역 6번 출구 쪽입니다. 어느 가게든 유동 인구가 많아야 장사에 유리하겠죠. 하지만 연신내역 6번 출구 쪽 임대료는 제 상상을 초월했습니다. 6개월도 버티지 못할 것 같았습니다. 그래서 깨끗이 포기했습니다. 물론 공식적으로는 임대료 때문이 아니라 6번 출구 지역의 주업종은 술집이기에 서점과 어울리지 않는다는 구실을 내세우기는 했지만요.

5번 출구 지역에서 자리를 물색하기 시작했습니다. 저도 서점 자리를 보러 다니면서 처음 알게 되었는데, 부동산은 서로 정보를 공유하더군요. 꿀벌부동산과 그런 관계를 맺고 있는 부동산이 만세부동산이었습니다. 만세부동산에 임대 문의가 들어온 가게 터가 있다고 꿀벌부동산 사장님이 알려주셨고, 그리하여 저는 꿀벌부동산 사장님과 함께 만세부동산에 갔고, 만세부동산 대각선 방향에 있는 컴퓨터 수리점 자리를 보게 되었습니다.

지은 지 꽤 됐지만 그리 낡지 않은 자그마한 2층 건물. 2층에는 주인이 거주하고 1층에는 10평 규모의 가게가 두 개 나란히 붙어 있는데 왼쪽이 제가 본 컴퓨터 수리점이었고, 오른쪽에는 부동산 스트리트답게 또 하나의 부동산, 상아부동산이 자리를 잡고 있었습니다. 다행스럽게도 1층이었고 10평도 안 되는 작은 규모지만 보증금 1,000만 원에 월세 70만 원이라는, 그래도 감당 가능한 임대료였기에 계약을 하기로 했지요.

그리하여 만세부동산에 가게를 내놓으신 주인 분과 그 가게를 만세부동산을 통해 제게 소개한 꿀벌부동산 사장님 그리고 만세부동산 사장님과 저 이렇게 네 명이 만세부동산의 원형 테이블에 앉았습니다. 역사적인 순간이었죠. 저는 니은서점이 내딛는 이 역사적인 계약 체결 장면을 머릿속에 생생히 기억하고 싶었습니다. 그런데 그 자리에서도 오래된 교수 체질을 버리지 못했나봐요. 주인 아주머니는 걱정이 많으셨습니다. 어떤 걱정이냐구요? 집주인의 걱정은 단 한 가지겠죠. 임대료를 제대로 받을 수 있는지. 너무 걱정을 하셔서 순간, "아니 내가 임대료 떼어먹을 사람처럼 보이냐"고 한마디하고 싶었지만 참았습니다. 그런데 생각해보니 잘 참았어요. 아니 잘 참은 게 아니라, 참지 않으면 뭐 어떻게 하겠어요? 전 건물주 앞에서는 한없이 작아지는(작아져야 하는) 임차인이고, 그 임차인이 내는 가게는 다들 사양 업종이라고 생각하고 돈이 제대로 될지도 알 수 없는 서점이었으니까요. 저는 그렇게 영세 자영업자가 되었습니다.

걱정이 많던 주인 아주머니는 서점 개업 날 군대 다녀온 아드님을 데리고 오셔서 책을 사가셨고, 꿀벌부동산 사장님은 자신이 꼭 읽어야 하는 책 같다면서 《안티 젠트리피케이션 무엇을 할 것인가?》를 사가지고 가셨구요, 만세부동산 사장님의 아드님

니은서점이 들어서기 전 이곳에는 컴퓨터 수리점이 있었습니다. 부동산 스트리트에 니은서점은 상아부동산 옆 그리고 만세부동산 대각선 방향에 자리 잡았습니다.

은 니은서점의 북토크에 참가하기도 하셨습니다. 그런데 정작 옆집인 상아부동산은 아직도 책 한 권을 팔아주지 않았습니다. 그렇습니다. 그게 현실이지요. 사람들은 책을 읽지 않습니다.

#2 막상 차려보니 그렇지 않고 이렇더군요

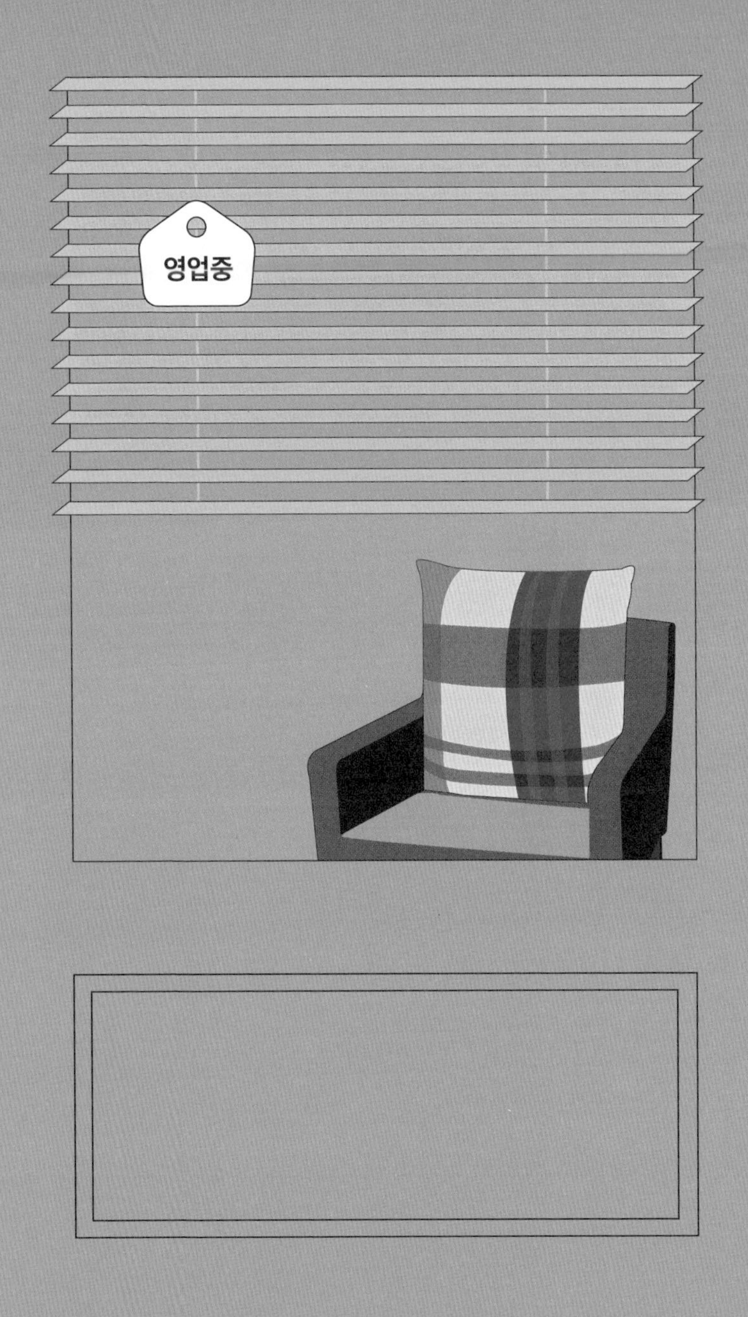
영업중

부동산 스트리트의 렐루서점이자
셰익스피어 앤드 컴퍼니가 되고자

계약서에 도장을 찍었으니, 이제 상상 속에만 있던 니은서점이 부동산 스트리트에 실물로 들어설 차례입니다. 언제나 그렇듯 꿈은 원대해야 하니까, 니은서점이 벤치마킹할 서점을 떠올려봤습니다. 물론 글로벌 스케일로요. 제일 먼저 영화 〈노팅힐〉의 배경이 되는 서점을 벤치마킹 대상으로 삼았습니다.

영화 〈노팅힐〉 속 서점 주인은 근사한 영국식 액센트를 구사하죠. 휴 그랜트가 서점 주인 역할을 맡았습니다. 여행 관련 책을 판매하는 서점에 유명 배우가 손님으로 찾아옵니다. 무려 줄리아 로버츠가 그 역할을 맡았습니다. 휴 그랜트가 서점 주인인데 심지어 줄리아 로버츠가 손님이라뇨! 누구나 예상할 수 있는 것처럼 서점 주인과 세계적 여배우 사이엔 동화 같은 로맨스가 싹 트고 잘나가는 여배우는 일개 서점 주인과 결혼합니다.

해피엔딩이지요. 그런데요, 영화 〈노팅힐〉 속 서점은 어디를 봐도 장사를 걱정하는 자영업자 같지 않아요. 로맨스의 무대가 되어서일까요. 그 서점은 뭔가 하늘에 둥둥 떠 있는 느낌입니다. 이렇게 〈노팅힐〉 속 서점은 현실성 제로에 가까운 판타지의 산물이지만, 이 영화를 본 사람이라면 어찌 휴 그랜트가 서점 주인이고 줄리아 로버츠가 손님으로 오는 낭만적인 서점을 꿈꾸지 않았겠어요. 영화를 현실로 바꿔보죠. 그리고 영국이 무대인

꿈은 거대하게! 니은서점은 한국의 렐루서점을 기대했습니다.

영화를 서울 연신내를 배경으로 각색해볼까요? 영화 속에 있던 휴 그랜트는 연신내를 배경으로 각색하면 사라질 수밖에 없을 거예요. 1년 동안 책을 전혀 읽지 않는 성인이 40퍼센트에 달하고, 하루 평균 3,000명의 자영업자가 새로 등장 하지만 동시에 2,000명이 폐업을 하는 한국이라면 더더욱. 그래서 〈노팅힐〉의 서점은 벤치마킹 대상에서 제외되었습니다.

포르투갈의 포르투에 있는 '렐루서점'도 벤치마킹 대상이었죠. 몇 년 전 포르투에 갔었는데요. 당연히 그곳의 '핫 스팟'인 렐루서점에 들렀습니다. 세상에나! 서점이 이렇게 인기 있을 수 있을까요? 아무리 작가 조앤 롤링이 렐루서점의 계단에서 영감을 받아《해리포터》속 마법학교의 계단을 상상했다고 하더라도 이렇게 서점에 사람들이 많을 수 있는지 놀랍기만 했습니다. 제가 찾아갔을 때 렐루서점은 심지어 입장권을 팔았는데요. 입장권을 산 사람만 서점에 들어갈 수 있을 정도로 콧대가 높은 서점이었어요. 서점 옆의 입장권 판매소는 서점 크기를 능가할 정도였습니다. 입장권을 사기 위해 심지어 줄을 서야 했고, 그렇게 구입한 입장권을 들고 서점 안으로 들어갔더니 정말 그 특이한 나선형 계단은 눈길을 사로잡기에 충분했습니다.

'그래 서점이 유명해지려면 뭔가 킬링 포인트가 필요해.' 렐루서점의 킬링 포인트를 알아챘으니, 니은서점에 적용시킬 일이 남았죠. 항상 현실은 상상을 살해합니다. 니은서점은 결코 렐루서점이 될 수 없다고 현실이 소리쳤습니다. '천장 높이를 한번 봐봐. 어디 가능이나 한 생각이야?' 그래도 렐루서점의 계단으로 이어진 복층 구조의 높은 천장이 탐이 났기에, 컴퓨터 수리점으로 사용하던 당시의 천장 마감재를 다 뜯어냈습니다. 니은서점에 오시는 분은 잠시 고개를 들어 저 높은 천장을 봐주세요. 그러면 렐루서점이 느껴지실지도 모릅니다.

서점을 생각하는 사람이 어찌 '셰익스피어 앤드 컴퍼니'를 염두에 두지 않을 수 있겠어요. 가보신 분은 알겠지만, 렐루서점처럼 입장권을 팔지는 않는다 해도 그에 버금갈 만큼 사람들이 들끓는 곳입니다. 심지어 밀려드는 손님을 다 수용하지 못해서 서점 옆에 같은 이름의 카페까지 차렸을 정도입니다. 니은서점도 당연히 셰익스피어 앤드 컴퍼니처럼 되고 싶죠. 그런데 그게 파리 어디에 있는지 아시죠? 셰익스피어 앤드 컴퍼니를 뒤로 하고 센 강 쪽을 바라보면 누구든지 알아챌 수밖에 없는 건물이 보입니다. 바로 노트르담 성당이에요. 셰익스피어 앤드 컴퍼니는 파리에 오는 관광객이라면 누구든지 방문하는 노트르담 성당이 있는 시테 섬 건너편에, 또 관광객 필수 코스 중 하나인 소르본 대학이 있는 생 미셸 입구에 있습니다.

서울로 셰익스피어 앤드 컴퍼니의 위치를 바꿔볼까요? 서울이라면 어디쯤에 있어야 할까요? 경복궁 건너편 혹은 남산타워 바로 앞? 만약 서울의 셰익스피어 앤드 컴퍼니, 니은서점이 경복궁 건너편 혹은 남산타워 바로 앞에 있다면 어떻게 될까요? 손님 걱정은 없겠지요. 그런데 파리에서 저 위치와 저 면적의 매장이라면 임대료가 어느 정도 될까요? 서울의 경우 비슷한 입지라 한다면 10평 규모라 하더라도 한 달에 1,000만 원을 훌쩍 넘

셰익스피어 앤드 컴퍼니 앞에는 제법 너른 마당이 있습니다. 영화에서 본 서점 앞은 한적해 보이지만, 실제로는 가히 도떼기시장을 방불케 합니다. 단체 관광객의 미팅 포인트로 많이 사용되거든요.

겠지요? 결국 은평구에 있는 니은서점은 셰익스피어 앤드 컴퍼니에서 녹색만 슬쩍 벤치마킹했습니다. 거기에 니은서점의 감성을 더해 우리가 '니은녹색'이라 부르는 예쁜 녹색을 만들어냈죠. 물론 믿거나 말거나이지만, 니은서점은 포르투의 렐루서점과 파리의 셰익스피어 앤드 컴퍼니를 벤치마킹한 서점입니다.

반면 참고하는 걸 아예 포기한 서점의 사례도 있습니다. 계약서에 도장을 찍을 무렵 일본의 츠타야가 서점의 미래를 제시하는 교과서인 양 화제에 올랐지요. 저는 가보지 않았는데, 워낙 많은 이들이 츠타야, 츠타야 하는 통에 서점 창업을 하려면 마지 번지 도쿄에 다녀와야 할 듯한 분위기가 형성되어 있었어요. 《취향을 설계하는 곳, 츠타야》는 그때도 잘 팔렸고 지금도 여전히 잘 팔리는 책입니다. 책 소개를 보면 츠타야는 음반과 서적, 각종 생활용품과 전자제품, 여행은 물론 숙박까지 다룬다고 되어 있어요.

일단 츠타야가 되기 위해서는 대규모 자본이 필요합니다. 독립 서점은 '○○으로부터의 독립'을 지향하는 서점인데요. 제가 생각하는 독립 서점인 니은서점의 방향은 자본의 영향력으로부터의 독립이라고 생각했습니다. 츠타야는 교보문고처럼 상당한 자본을 투자해야 실현 가능한 서점입니다. 그래서 츠타야는 니은서점과는 카테고리가 다르구나 하는 생각을 떨칠 수가 없었습니다. 게다가 전 오로지 책에 집중하는 상점을 원했기 때문에 츠타야는 고려의 대상이 될 수 없었습니다.

전 서재 같은 서점을 상상했어요. 저의 집에 '책이 있는 방'이 있는데, 가끔 그 방을 뭐라 불러야 할지 난감해요. 서재라고 하기에는 뭔가 부족하고, 공부방이라고 하기에는 뭔가 넘치는, 서재와 공부방 그 사이에 있는 느낌이거든요. 그래서 니은서점을 설계할 때 누군가의 서재에 놀러 온 듯한 느낌을 주는 서점을 만들고 싶었어요.

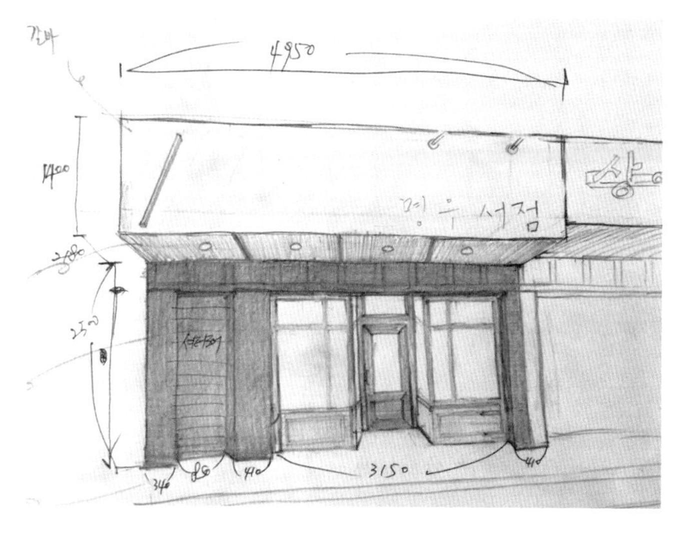

니은서점의 실현되지 못한 최초의 설계안입니다.

실내 디자인을 맡은 정홍섭 작가님과 상의를 했지요. 핀터레스트를 열심히 검색하면서 마음에 드는 서점의 디자인을 찾았습니다. 셰익스피어 앤드 컴퍼니로부터 녹색은 영감을 받았지만 파사드까지 그대로 빌려올 수는 없었으니까요.

최초의 서점 파사드 설계 스케치를 한번 볼까요? 지금 니은서점과는 매우 다릅니다. 간판의 전체 디자인은 원래 스케치대로 실현되었지만 간판 조명 위치와 서점 이름이 적힌 위치도 지금과 다릅니다. 서점 이름도 니은서점이 아니라 임시로 부르던 이름인 '멍우 서점'이라고 적혀 있습니다. 서점 가운데 출입문을 내고 양쪽에 돌출형 유리 쇼케이스를 만들어서 책을 전시할 생각이었어요. 책을 돌출 유리 쇼케이스에 전시하면 굳이 간판에 서점이라고 크게 쓰지 않아도 지나가는 사람이 한눈에 저곳이 서점임을 알아챌 수 있을 거라는 판단 때문이었죠. 원래 안은 성사되지 못했습니다. 주인 아주머니가 구조 변경에 난색을 표하셨죠. 아무래도 지은 지 오래된 건물이라 안전 문제로 창틀의 변경을 허락하지 않으셨어요. 그래서 결국 원래 창문 프레임을 유지한 채 오른쪽 출입문만 교체를 하고 알루미늄 새시에 니은녹색을 칠하는 디자인으로 긴급 변경했습니다. 그런데 나중에 애초의 설계안이 문제가 있었음을 뒤늦게 깨닫기도 했습니다. 서점 공사를 한여름에 했는데요. 공사하는 동안 서점 안으로 햇볕이 정말 단 한 뼘도 들어오지 않았습니다. 서점은 밝으면 좋은데 너무 햇볕이 잘 들어도 좀 문제가 됩니다. 그런데 한여름에 태양의 고도가 높을 때만 서점에 빛이 들어오지 않았을 뿐 가을로 접어들며 태양의 고도가 낮아지자 오후에는 햇볕이 정말 서점 깊숙이 파고드는 거예요. 책은 햇볕에 오래 노출되면 상하거든요. 책은 우직한 것 같아도 나름 아주 예민한 존재입니다. 만약 원래 설계안대로 돌출형 유리 쇼케이스를 만들고 그 안에 책을 전시

했다면 여간 낭패가 아니었을 겁니다.

서재 같은 서점의 인상을 주고 싶다고 했잖아요. 실내 디자인에 대해서는 이런 꿈이 있었어요. 책으로 가득 차 있고, 어딘가에 '짱박힐' 수 있는 공간이 있고, 적당히 낡은 1인용 가죽 의자가 있고, 그 옆에는 독서용 스탠드 램프가 있는 서재 같은 서점, 이게 제 꿈이었습니다. 혹시 제 책 《혼자 산다는 것에 대하여》의 책 표지를 보신 분이 있으실지 모르겠는데요. 그 표지 속 공간이 바로 제가 생각하는 서재 같은 서점의 모습입니다. 그러나 10평도 안 되는 서점은 이 계획안을 실현하기에는 터무니없이 작았지요.

애초 안과는 매우 다른 서점 모습이 되었지만, 그래도 니은서점에서 가장 핵심적인 디자인 요소가 있습니다. 서점에 들어오시면 입구 맞은 편에 세로로 길게 난 창문을 보실 수 있을 거예요. 본래 창이 있던 곳인데 단열을 위해서 그 창을 가벽으로 막았습니다. 그런데 가벽을 기다란 직사각형 모양으로 뚫어 본래의 창이 슬쩍 보이도록 남겨두었습니다. 그 창문에는 1970년대풍의 방범창이 설치되어 있습니다. 1970년대, 제가 대성중학교를 다니면서 불광동 시외버스터미널로 버스를 타기 위해 니은서점이 있던 이 길을 걸어가던 그 시기입니다. 제게 1970년대풍의 방범창은 사춘기에 접어들던 저, 부모님이나 학교에서 골라준 책을 읽다가 저 스스로 책을 골라 읽기 시작하던 그때의 기원을 연상시키는 오브제입니다. 그 창턱에 아버지와 어머니를 기리는 뜻으로 작은 십자가를 두었습니다. 창 아래에 있는 작은 유리 선반장에는 아버지와 어머니가 쓰시던 물건의 일부가 보관되어 있습니다. 서점에서 그 창문과 유리 선반장을 가장 잘 볼 수 있는 위치에 이케아 1인용 의자가 놓여 있습니다. 어머니가 생전에 즐겨 앉으시던 의자입니다. 제가 어머니 집에 갔다가 돌아갈 때 늘 어머니는 그 의자에 앉아서 거실 창문을 내다보며 제게 손을 흔들고는 하셨죠. 어머니는 아마 서점이 문을 열고 나서 이미 살짝 들르셔서 그 의자를 알아보고는 거기 앉아 손을 흔들어주고 가셨을지도 모르겠습니다. 이로써 니은서점은 오르한 파묵의《순수박물관》처럼 아버지와 어머니의 기억 박물관이 되었습니다.

청소가 끝난 밤. 삼거리 노 씨네 3대가 한 자리에 모였습니다. 1대 1920년대, 1930년대에 태어나신 아버지와 어머니 사진을 배경으로 1960년대에 태어난 2대인 저와 1980년대에 태어난 3대인 조카들이 함께 사진을 찍었습니다. 왼쪽부터 저, 조카 우사라, 노재용.

심혈을 기울여 서가를 구성하고,

인테리어 공사는 끝났습니다. 그렇다고 곧바로 서점 영업에 돌입할 수 없었습니다. 인테리어 공사는 서점 창업 준비의 끝이 아니라 시작에 불과했습니다. 가장 중요한 일이 남아 있었어요. 서점의 정체성은 인테리어가 아니라 구비하고 있는 책에 의해 결정됩니다. 폭은 넓지만 산만하지 않고, 수준은 낮지 않지만 독자가 겁먹을 만큼 난이도가 지나치게 높지 않은 적절한 책을 구비하지 못하면 서점 인테리어는 빛 좋은 개살구일 뿐이지요.

책을 꽤 많이 읽은 편이라고 생각했기에 입고할 도서 선정은 식은 죽 먹기일 줄 알았어요. 하지만 독자로서 필요한 책을 그때그때 주문하는 것과 서점의 판매용 책장을 채우는 일은 완전히 달랐습니다. 판매 서가에 전시될 책 선별은 애초에 생각했던 것보다 복잡한 사고를 요구했습니다.

한 해에 출간되는 책만 해도 수만 종입니다. 그러니 서점이 입고를 고려할 수 있는 책은 수십만 권에 달합니다. 니은서점의 책장을 빈틈없이 꽉 채운다 하더라도 전시할 수 있는 책은 1,000종이 전부예요. 그 수십만 권에서 수용 가능한 책을 선별하는 일은 그 어떤 일보다 더 엄청난 고민을 요구했습니다. 니은서점처럼 규모가 작을 경우 더욱 섬세하게 책을 골라야 하거든요.

전국 수십 개의 영세 서점이 창업 과정에서 겪었을 선택의 고통을 나눈 시절도 겪었습니다. 수만 권의 책을 진시할 공간이 있는 대형 서점이나 물리적 공간의 제약이 없는 온라인 서점이라면 책 선정이 좀더 수월할지 모르겠지만, 모든 작은 서점은 태생적으로 큐레이션 서점일 수밖에 없어요. 경제학 교과서의 가르침에 따르면 '규모의 경제'가 경쟁력의 핵심이라지만, 작은 서점의 경쟁력은 책을 선별한 결과인 큐레이션에 의해 좌지우지됩니다.

출판사에 매대를 판매하는 대형 서점이나 베스트셀러와 신간 위주로 책을 전시 판매하는 서점이 아니라면, 서점에 전시되어 있는 책이야말로 그 서점의 취향을 가장 잘 드러내주는 인덱스입니다. 어떤 서점이든 책을 입고할 때 각자의 기준에 따라 선별합니다. 서점은 일종의 '게이트 키퍼gate keeper'인 셈이지요. 서점이 그 역할을 할 때, 선별의 기준은 서점마다 다릅니다. 아주 상업적인 서점은 오로지 판매 가능성만을 놓고 책을 선별하겠지만, 가치 지향적인 서점은 그러지 않습니다. 절대 그 서점에 들여놓을 수 없는, 들여놓고 싶지 않은 책도 있을 수밖에 없습니다. 《섬에 있는 서점》이라는 소설에서 아주 재미난 구절을 발견했습니다. 서점 주인이 서점을 찾아온 출판사 마케팅 담당자에게 격정적으로 그리고 아주 직설적으로 자신의 서점이 책을 선별하는 기준을 조금도 숨기지 않고 털어놓는 장면입니다.

> "나는 포스트모더니즘과 종말물, 죽은 사람이 화자거나 마술적 리얼리즘을 싫어합니다. 딴에는 기발하답시고 쓴 실험적 기법, 이것저것 번잡하게 사용한 서체, 없어야 할 자리에 있는 삽화 등 괜히 요란 떠는 짓에는 근본적으로 끌리지 않습디다… TV 리얼리티쇼 스타의 대필 소설과 연예인 사진집, 운동선수의 회고록, 영화를 원작으로 하는 소설, 반짝 아이템, 그리고 굳이 언급하지 않아도 알겠지만 뱀파이어물이라면 구역질이 납니다."•

섬에 있는 서점의 주인 피크리 씨가 싫어하는 목록은 더 많지만 니은서점의 취향과 겹치는 부분만 골라내어 읽어봤습니다.

작은 서점은 서점 주인의 안목에 따라 책을 선별하기에 각 서점은 하나의 소우주를 구성합니다. 마스터 북텐더의 눈으로 니은서점의 책을 선별했고, 그렇게 선택된 한 권의 책은 니은서점이라는 작은 우주를 구성하는 하나의 행성이 되었습니다.

이제 비어 있는 책꽂이를 다양한 판형과 다양한 주제와 제

• 개브리얼 제빈, 엄일녀 옮김, 《섬에 있는 서점》, 문학동네, 2017, 25쪽.

각자의 색을 지닌 책으로 채워야 합니다. 책꽂이 한 칸을 책으로 채우는 데 돈이 얼마나 들까요?

서점이 책을 공급받는 방식은 크게 두 가지가 있는데요, 하나는 위탁판매 방식이고 다른 하나는 현매 방식이에요. 위탁판매는 서점이 책값을 미리 치르지 않은 채 책을 공급받고 후에 팔린 책만큼 정산을 하는 방식입니다. 위탁판매인 경우 서점의 입장에서 많은 책을 들여놓는 데 큰 부담이 없습니다. 팔리면 좋고, 안 팔리면 반품하면 그만이거든요. 서점에는 보다 넓은 매장 그리고 보다 많은 책장만 있으면 됩니다. 그런데 위탁판매를 하려면 서점의 규모가 일단 어느 정도 이상이 되어야 하고, 위탁판매로 인한 사무처리도 늘어나기 때문에 니은서점처럼 작은 서점은 위탁판매를 하기 쉽지 않습니다. 니은서점이 원해도 공급자가 위탁판매 방식으로 니은서점에 책을 공급하겠다고 결정하지 않으면 불가능한 거지요.

니은서점은 현매 방식으로 책을 공급받습니다. 현매 방식이란 도매상에 미리 돈을 치르고 책을 공급받는 방식입니다. 그러니까 서점이 책을 전시하기 위해서는 상당한 규모의 돈을 현매에 선투자해야 하는 것이죠. 저도 서점을 시작할 때 이 점을 잘 몰랐는데, 막상 인테리어가 끝나고 보니 인테리어에 들어가는 돈보다 서가에 책을 현매 방식으로 구입해서 채우는 데 필요한 돈이 만만치 않음을 알게 되었습니다. 역설적으로 자본 규모가 있는 대형 서점은 위탁판매 방식을 취하고 니은서점처럼 영세 서점은 현매 방식을 선택할 수 밖에 없는 현실입니다. 영세 서점에 책을 많이 전시하지 못하는 이유가 그 때문입니다.

서가를 채우기 위해 고민하던 어느 날, 개미지옥에 빠진 사고의 흐름을 적은 메모를 발견했습니다. 아마 인테리어가 막 끝난 2018년 8월인 것 같습니다. 현매 방식으로 도매상에 책을 주문해야 하니까, 아주 머리카락이 쭈뼛 서는 느낌이었어요. 완전히 제 취향으로만 서가를 구성할 수는 없었습니다. 서점은 상점이니까요. 그런데 판매 위주로 서가를 구성하다보면 니은서점만의 소우주를 구축하는 것이 불가능해지는 위험이 있었죠. 그러니까 니은서점의 서가는 니은서점 고유의 색채와 판매 가능성이라는 자본주의적 시장경제의 법칙 그 사이에 있는 것입니다. 고유성만 강조하다보면 두 달도 버티지 못하고 망할 것 같았고, 시장경제의 법칙에 충실하면 굳이 제가 서점을 할 이유가 없다는 생각이었습니다.

온라인 서점이 10퍼센트 할인에 5퍼센트 적립금을 주고 게다가 일부 지역엔 당일 배송까지 가능한 시대에 손님이 일부러

자영업자가 된다는 것

▷ 서점을 열기 직전의 두려움

책이 팔릴까? → 팔리지 않을거야

뭐 먹고 살지?
임대료는?

팔리는 책이
있지 않을까?

이런 책은 좀 팔리지 않을까!

그래
달라야지.
고민해서 찾기
힘든 책을
팔아야지

음... 글... 쎄....

그럼 고민한다고 뭐가 다르지?

서가를 채우기 위해 고민하던 어느 날의 메모.

니은서점에 오시는 이유는 뭘까 생각했죠. 한 권의 책은 그 자체로도 독립적인 우주이지만, 한 권의 책이 어떤 책 곁에 있는지에 따라 그 책의 의미는 달라질 수도 있습니다. 서점은 한 권의 책이 있는 곳이 아니라 책 곁에 또 다른 책이 있는, 즉 책이 서로 관계를 형성하고 있는 곳이지요. 서가를 구성하는 것은 책 사이에 보이지 않는 의미의 맥락을 만드는 것과도 같습니다.

이런 고민을 하고 있던 때는 '유행'과 '붐'을 타고 우후죽순 격으로 생겼던 독립 서점들이 하나둘 정리되기 시작했다는 기사가 나고, 그래서 심지어 창업기가 아니라 폐업기가 책으로 출간되기도 하던 시기였으니 고민은 더 깊을 수밖에 없었지요. 무엇인가 선택할 수 없는 진퇴양난에 빠져 있을 때 가장 단순하게 생각하는 게 좋다고 하지요. 저도 단순해지기로 했습니다. 제가 잘 할 수 있는 것을 중심으로 선택하기로 했어요. 제가 좋아하는, 그래서 누군가 그 책이 왜 여기에 있는지 물었을 때 이 책이 여기 있는 이유를 자신 있게 설명할 수 있는 책 사이의 연관성으로 니은서점이라는 소우주를 만들자고 생각한 것이지요.

그래서 니은서점은 도서관식 책 분류가 아니라 니은서점만의 고유한 맥락으로 서가를 구성했지요. 책은 맥락별로 분류되어 있지만 중간중간 인물별로 분류되어 있기도 합니다. 저는 나큼 그 분류 방식을 '니은서점 명예의 전당'이라고 부르는데요, 그 인물들은 제가 좋아하고 닮고 싶은, 영향을 많이 받은 작가들입니다. 지그문트 바우만, 한나 아렌트, 테오도르 아도르노, 칼 마르크스, 에리히 프롬, 발터 벤야민, 수전 손택, 강상중, 우치다 다쓰루, 다치바나 다카시가 명예의 전당에 오른 분들입니다. 문학 쪽에서는 제발트, 스가 아쓰코, 오에 겐자부로, 조지 오웰, 오노레 드 발자크, 줄리언 반스, 레이먼드 카버, 베른하르트 슐링크, 필립 로스, 주제 사라마구, 프리모 레비, 나쓰메 소세키, 박완서, 슈테판 츠바이크가 니은서점이 사랑하는 작가이지요.

니은서점에 오시는 손님은 독자이자 소우주를 탐험하는 우주 여행자입니다. 우주 여행자는 때로는 천천히, 때로는 속도감 있게 이 책에서 저 책으로 유영합니다. 그 과정에서 마음에 드는 책을 골라냈다면, 손님은 자신이 단순히 상거래에 참여하고 있는 고객이 아니라 책 더미 속에서 나만의 보석을 찾아내는 발굴자임을 증명해내는 것입니다. 저자의 명망도나 베스트셀러 여부에 구애받지 않고 자신만의 보석을 발굴하고 싶어하는 독자라면 자신과 잘 어울리는 독립 서점부터 찾아내는 게 좋겠지요.

세상의 많은 독립 서점처럼 니은서점은 책의 발굴을 돕는 조력자이기를 기대하며 장치를 마련해두었습니다. 니은서점의 서가에는 판매용 책 사이에 '공유서재'라는 스티커가 붙은 책이 꽂혀 있는데요, 제가 읽은 책들입니다. 공유서재는 큐레이션 서점 니은서점 속에 숨겨진 또 다른 큐레이션인 셈이에요. 공유서재의 책을 펼쳐보면 밑줄도 그어져 있고, 메모도 쓰여 있고 포스트잇도 덕지덕지 붙어 있습니다. 공유서재의 책에는 출판사에서 홍보용으로 만든 띠지에 적힌 문안이나 유명인의 추천사와는 다른 마스터 북텐더의 솔직한 감상이 적혀 있습니다. 그런 마스터 북텐더의 메모는 책방이라는 소우주를 여행하는 또 다른 여행자가 참고할 수 있는 발굴기인 셈입니다.

니은서점의 여기저기엔 대형 서점처럼 크고 안락하지는 않아도 누구나 앉을 수 있는 의자가 몇 개 있어요. 나만의 행성을 찾는 사람이라면 서가에서 책을 뽑아 그 의자에 앉아 책을 훑어보시면 됩니다. 제 어머니의 의자에 앉으셔도 좋아요. 어머니도 보다 많은 분이 어머니의 의자에 앉아 책을 보기를 원하실 거예요. 누군가 그 의자에 앉아 책을 읽으면, 그 순간 니은서점은 한 사람을 위한 서재로 변신할 겁니다. 그 의자에 앉을 그 누구를 위해 니은서점의 문은 열려 있습니다. 다른 모든 독립 서점처럼 눈 밝은 독자를 기다리면서요.

"절대 커피는 팔지 않겠어"라고 다짐했죠.

미국에 있는 제자 이병환이 페이스북을 통해 서점 준비 소식을 들었나봅니다. 북텐더 캐릭터 일러스트를 서점 오픈 선물로 주고 싶다고 메시지로 알려왔어요. 그렇게 니은자 형상으로 앉아서 책 읽는 모습, 누워서 책 읽는 모습, 의자에 앉아 책 읽는 모습으로 만들어진 캐릭터 일러스트 3종 세트가 선물로 도착했습니다. 병환이뿐만 아니라 정말 많은 사람이 자기 일처럼 서점 준비를 도왔습니다. 김동이는 학교 연구실에 있던 아버지와 어머니의 물건을 차로 연신내까지 날라줬고, 이케아 의자 조립까지 하고 돌아갔습니다. 대전에 사는 김우진은 서점 종이 봉투 하나하나에 스탬프를 찍어 니은서점 종이 쇼핑백을 만들었구요. 이런 준비를 마친 후 2018년 9월 2일, 니은서점은 정식으로 문을 열었습니다.

그날 정말 많은 분이 와주셨어요. 저를 연신내로 인도하신 출판사 클 김경태 대표님이 곽근호 과장, 성준근 편집자와 함께 오셨고, 《인생극장》을 담당하셨던 출판사 사계절의 이진 편집자, 호모 부커스 김성수 대표님, 에이도스 출판사의 박래선 대표님이 오픈 시간에 맞춰 찾아오셨습니다. 밤이 되자 출판사 우리학교의 홍지연 대표님, 소설가 장혜령 씨, 사회학자 윤여일 씨, 여성학자 이현재 씨, 《텔레비전, 또 하나의 가족》을 출판하면서

제자가 선물한 북텐더 캐릭터 일러스트를 활용해 니은서점 봉투를 만들었습니다.

알게 되었던 김정민 씨와 드로잉 작가 이효찬 씨 등이 오셨죠. 다들 책을 매개로 알게 된 인연이죠. 책을 만드는 사람, 책을 쓰는 사람, 책을 읽는 사람, 책을 파는 사람이 모두 한자리에 모였습니다.

그날 "그런데 커피도 파실 거예요?"라는 질문을 가장 많이 들었어요. 그 질문을 받을 때마다 저는 살짝 목소리에 힘을 주어 이렇게 대답했습니다. "아닙니다. 니은서점은 책만 팝니다." 서점이니까 책만 판다는 건 어찌 보면 당연한 대답인데, 많은 분들이 걱정 어린 눈빛으로 되묻기도 하셨어요. "책만 팔아서 버틸 수 있나요?"

그런 걱정을 하실 법도 한 게 책만 파는 서점이 드물어진 세상이니까요. 교보문고 같은 대형 서점도 매장 리뉴얼을 할 때마다 책 이외의 품목을 파는 매장은 점점 커지는 반면 책을 파는 면적은 줄어들고 있지요. 제가 고등학생 때 광화문에 교보문고가 처음 생겼는데, 그때나 지금이나 지하 전체를 서점으로 쓰고 있는 것은 마찬가지입니다. 처음 오픈했을 때 광화문 교보문고는 구석에 있던 햄버거 가게(아마 하디스였다고 기억하는데, 정확하지는 않습니다)를 제외하면 지하 매장 모두가 책을 파는 공간이었거든요. 그런데 지금 광화문 교보문고에서 책을 파는 매장의 면적은 그때와 비교해보면 절반 정도로 줄어든 것 같습니다.

세월이 흐르면 모든 게 바뀌니 시대의 변화에 발맞추는 서점의 변신은 당연하기도 합니다. 대형 서점은 손님의 매장 체류 시간을 늘리기 위해 팬시 상품과 각종 물건을 파는 팝업 스토어를 유치해요. 그 정도의 크기가 되지 않는 중형 서점은 서점의 크기에 맞춰 다양한 방식으로 부가적 기능을 더해 매출을 늘리려 하죠.

대형 서점도 츠타야처럼 취향을 팔겠다고 나서고 있는 판이다보니 책만 파는 서점은 정말 드물어졌어요. 아마 참고서와 학습서를 위주로 판매하는 중고등학교 주변의 서점을 제외하면 거의 없을 겁니다. 독립 서점은 카페를 겸하는 경우가 많지요. 그런데 서점이 카페를 겸하다보면 가끔 주객이 전도되는 경우도 어쩔 수 없이 벌어지는 것 같습니다. 다른 서점들이 어떻게 운영되나 살펴보려고 여기저기 다녔는데, 카페를 겸하는 서점은 손님이 스무디라도 주문하면 믹서기가 마치 폭격기라도 된 듯 왱왱거리는 소음을 내며 책을 폭파시키는 것 같았습니다. 카페라테를 만들기 위해 우유 거품을 만드는 소리도 몰입을 방해하는 무시할 수 없는 요소였습니다. 우리가 서점에서 기대하는 고요함이 사라지는 순간이죠.

그래서! 책만 팔아야겠다고 생각했습니다. 한 가지는 현실적인 이유 때문입니다. 와보신 분은 아시겠지만 니은서점은 아주 작습니다. 페이스북 페이지의 사진을 보고 매우 큰 매장일 거라고 추정했다면, 찬양받아야 할 현대 렌즈공학의 성과 덕택입니다. 인덱스로서의 사진이 아니라 사진발이 가미된 사진은 역시 믿을 게 못 됩니다. 니은서점은 두세 걸음만 걸으면 어딘가에 닿을 정도로 작아요. 백팩이라도 메고 온 손님이 두어 명만 동시에 있어도 서로 부딪히는 것을 피할 수 없을 정도로요. '책만 파는 서점'이라는 니은서점의 시그니처는 북텐더의 서점에 대한 근본주의적 취향의 산물이 아니라 공간의 제약으로 인한 불가피한 선택인 것이죠.

서점보다는 카페에 가는 손님이 훨씬 더 많습니다. 그렇다면 모든 카페가 살아남을까요? 카페도 잘 살아남지 못하는 게 한국입니다. 왜냐하면 카페는 많은 경우 카페에 투자할 수 있는 돈의 크기가 성공을 좌지우지하잖아요.

전 돈이 없습니다. 영세 자영업자입니다. 니은서점은 온라인 서점이나 교보문고와 같은 대형 서점과는 경쟁하면 안 됩니다. 우리가 살고 있는 시대에 서점은 사실 스마트폰이라는 골리앗과 싸우는 다비드의 처지입니다. 다비드가 골리앗과 싸우기 위해서는 묘책이 필요하죠. 다비드는 공리 없이 골리앗과 싸울 수 없습니다. 사실 '싸운다'는 표현 자체도 니은서점과 같은 작은 독립 서점에게는 과분합니다.

골리앗과의 싸움에서 살아남으려면 다비드만의 능력이 무엇인지를 정확하게 알아야겠죠? 니은서점이 온라인 서점의 책 추천 알고리즘보다 또 대형 서점의 시스템보다 앞설 수 있는 것, 온라인 서점도 대형 서점도 따라할 수 없는 니은서점의 시그니처는 결국 책을 쓰기도 하는 작가이자 평생 책을 읽어온 학자인 제가 할 수 있는 능력으로 귀착되었어요. 그렇다면 니은서점의 선택은 분명합니다. 커피를 팔 수 없습니다. 아니 팔아서는 안 되는 거지요. 니은서점은 '북텐더 서점'이어야 하고, 그것이 니은서점의 시그니처이자 골리앗과의 싸움에서 살아남을 수 있는 유일한 방법이 아닐까 생각했어요. 그래서 니은서점은 책만 파는 인문사회과학예술 분야 전문 서점이 되었습니다.

사실 저는 요즘 많이 쓰는 '작은 서점'이나 '동네 서점'이라는 단어를 그다지 좋아하지 않아요. 그 단어들은 표현해주는 게 부족하다고 느끼기 때문입니다. 작은 서점이란 크기가 작다는 뜻인데, 크기는 서점의 특성을 드러내는 결정적인 지표가 아니라고 생각합니다. 다비드는 키가 작은 사람이 아닙니다. 키는 다비드의 특성을 다 드러내주지 않죠. 다비드를 표현하기에 더 적합한 단어는 근성, 의지, 결기가 아닐까요? 니은서점의 크기는 작습니다. 그렇지만 니은서점은 스스로 작은 서점이라 생각하지 않습니다. 니은서점은 작은 서점이 아니라 인문사회과학예술 분야 전문 서점이면서 대자본이 운영하는 체인 서점이 아닌 독립 서점입니다. 특정 분야의 전문 상점이라면 다른 상점에서 파는 물건을 겸해서 팔지 않는 게 전문 상점의 격에 맞지요. 돈가스와 비빔밥도 파는 식당의 냉면 맛을 우리가 믿지 않는 것처럼요. 그래서 니은서점은 책만 팔게 된 것이에요.

그러면 우린 서로 친해질 수 없는 건가요?

서점을 준비하는 동안 먼저 독립 서점을 시작한 분들의 이야기를 많이 들었습니다. "이런저런 점이 좋더라"며 긍정적인 이야기를 해주시다가, '그런데요'라는 접속부사가 등장하면 그것으로 긍정적인 이야기는 끝이 나곤 했지요. 그분들이 들려주는 서점 리얼 스토리는 '그런데요' 이전이 아니라 '그런데요' 이후에 시작되는 거예요. 사실 앞에서 이야기했던 모든 긍정성 그리고 이 시대에 서점을 한다는 시대적 의미, 사명감, 이런 것들은 순식간에 사라집니다.

'그런데요'라고 운을 뗀 후엔 이런 말이 따라왔어요.

"서점을 하다보면 내가 이걸 왜 시작했나 회의감이 들 때가 오거든요."

재빨리 물었습니다.

"언제 그런 생각이 드세요?"

"그러니까… 그게요. 처음에는 손님이 제법 있어요. 아는 분들이 개업 축하한다고 찾아오시거든요. 그런데요…"

또다시 '그런데요'입니다.

"시간이 지나면 멀리서 일부러 찾아오기 힘들거든요. 그러다보면…"

"네, 그러다보면?"

“책이 한 권도 안 팔리는 날이 오기도 해요. 그런데요”

아니 ‘그런데요’가 아직도 남아 있다니!

“더 심각한 날은 서점에 아무도 들어오지 않는 날이에요. 그런 날이 올 수도 있으니 정말 각오하셔야 해요.”

그 이후 “각오하셔야 해요”는 머릿속에서 늘 맴돌았습니다.

서점 개시 준비는 음식점이나 카페에 비해 비교적 단순한 편이랍니다. 입간판을 내놓고 책도 가지런히 정리하고 그날의 날씨에 어울리는 음악까지 선곡해서 틀어놓으면 끝입니다. 입간판을 내놓을 때는 아직 평정심이 유지되고 있어요. 그날의 날씨를 감상할 여유도 있어요. 그런데요, 그 평정심이 오래가지 않는 게 문제죠. 어떤 날은 손님 맞이할 준비를 다 마치고 문을 연 지 두어 시간이 지났는데도 손님이 들어오지 않기도 하거든요. 이때부터 평정심은 사라집니다. 그리고 잊고 있었던 ‘그런데요’와 ‘각오하셔야 해요’가 머릿속에서 태풍처럼 휘몰아치지요. 오늘이 ‘그런데요’의 날인가? 오늘이 마침내 ‘각오하셔야 해요’의 날인가?

니은서점에는 길 쪽으로 나 있는 아주 큰 창이 있습니다. 부동산 스트리트는 중앙선이 없고 별도의 인도가 없을 뿐이지 양방향 2차선 정도 되는 넓이의 길이라 유동 인구가 골목길치고는 꽤 많습니다. 혹시 오늘이 '그런데요' 데이인가, '각오하셔야 해요' 데이인가 싶어 마음이 조급해지면 자꾸 길거리를 지나는 사람들을 구경하게 됩니다. 대부분 사람들은 무심하게 지나갑니다. 야속하게도요. 부동산 스트리트에 이렇게 예쁜 녹색 가게가 등장했는데도 눈길조차 주지 않고 그냥 지나가는 사람이 아쉽기만 하죠. 어떤 분은 곁눈질로 서점 안을 들여다봅니다. 제가 너무 길거리를 지나다니는 사람을 구경한 티가 났던 걸까요? 자신을 쳐다보고 있는 가게 주인의 눈길을 느껴서일까요? 고개는 정면을 향하고 있지만, 눈길을 살짝 니은서점으로 돌리고 있는 것을 제가 알아채면, 이때 마음은 이미 큰 소리로 외치고 있죠. '들어오세요. 들어오세요.' 그러나 그분은 곁눈질로 서점을 염탐만 한 후 끝내 들어오지 않으셨습니다.

가끔 어떤 분은 좀더 적극적으로 서점 창문 앞까지 와서 서점 내부를 들여다보기도 하고 창문에 붙어 있는 서점 행사를 알리는 전단지를 꽤 열심히 읽기도 합니다. 그러다가 저와 눈이 마주치면 화들짝 놀라십니다. 이때쯤이면 마음엔 보이지 않는 확성기가 달려 있습니다. '들어오세요, 제발. 왜 구경만 하고 안 들어오시는 거예요! 저는 물거나 해치지 않습니다!'

그러다가 마침내 누군가가 서점 안에 들어오면 제 마음은

움을 주고 있습니다. 그분은 은인입니다. 오늘 '그런데요' 데이를 면하게 해주신 분이니 "정말 고맙습니다"라고 말을 건네고 싶은 심정을 그분은 모르시겠지요? 이미 마음속에서는 '책은 사지 않으셔도 좋아요, 오늘 '각오하셔야 해요' 데이를 면하도록 선행을 베풀어주신 것만으로도 저를 행복하게 해주셨습니다'라고 생각하고 있는데 게다가 책까지 사시면 마음은 이미 그분을 와락 안고 있습니다.

한번은 어두워졌는데, 창가에서 인기척이 느껴졌습니다. 내다보니 어떤 중년 남자 분이셨어요. 얼굴이 불그스레하신 걸 보면 아마 술을 한잔한 후 댁으로 돌아가시던 길인 듯했어요. 아, 저분도 평상시는 곁눈질로만 서점을 염탐하다가 술을 한잔 걸친 김에 서점 가까이 올 수 있는 용기가 생겼나봐요. 그렇지만 그분은 서점 문을 열지 않으셨습니다. 아니 열지 못하신 걸까요? 그저 붉어진 얼굴로 창을 통해 서점 안을 들여다보고만 계셨어요. 저는 그 순간을 놓치지 않고 "안으로 들어오셔서 구경하셔도 됩니다"라고 말씀을 드렸습니다. 아아, 그분이 들어오셨어요. 아아, 그리고 책을 구경하셨어요. 아아, 그리고 심지어 책도 사셨어요. 아아, 그러시더니 뜨거운 커피 한 잔 마실 수 있으면 좋겠다고 하셔서, 커피를 드렸지요. 커피를 마치 막걸리 마시듯 맛있게 드시고 나가셨습니다.

'그런데요', 그분은 그 이후 서점에 다시 오지 않았습니다. 이사 가셨겠지요? 아니면 술을 드셔야 서점에 들어오실 용기가 생기는 경우라면, 요즘 술을 끊으셨을 수도 있어요. '그런데요', 전 그분이 술을 좀더 자주 드셨으면 좋겠네요. 그것도 아주 많이요.

어떤 날엔 동네 분이 서점에 들어오셨습니다. 사실 서점에 들어오시는 자태를 보면 책이 궁금해서 오신 분과 그냥 서점이 궁금해서 들어오신 분이 차이가 좀 나거든요. 이 분의 자태는 후자에 가까웠습니다. 아니나다를까 대뜸 이렇게 물으셨어요. "여긴 어떤 서점인가요." 숨이 턱 막히는 질문이었습니다. "어떤 서점"이라는 표현 때문에요. 머리가 복잡해졌습니다. 어떤 서점? 어떤 서점? 대체 질문의 의도가 무엇일까? 이분은 무엇을 궁금해하는 걸까? 잠시 고민 끝에 최선을 다해, 마치 강의 시간에 제가 잘 모르는 것을 학생이 질문했는데 절대 놀라지 않고 이렇게 저렇게 설명하던 때처럼 가장 진지한 눈빛으로 정성 어린 제스처를 곁들여 설명하기 시작했습니다. "저희 니은서점은 인문사회예술 분야의 책을 전문 북텐더가 엄선하여…" '그런데요', 주저리 주저리 떠들고 있는 동안 그분과 눈이 마주쳤습니다. 그리고 알아챘습니다. 제가 엉뚱한 대답을 하고 있다는 것을. 그분은 결국 나가셨어요. 책도 사지 않으신 채. 책을 사지 않으신 것보다 더 큰 반향은 나가실 때 그분의 표정이었어요. 마치 '저 인간 무슨 말을 하는 거야?' 하는 표정에 가까웠거든요.

대체 그분이 왜 그런 표정을 지었을까, 한참 생각한 후에 질문의 정확한 의도를 알아차렸습니다. 아마도 저는 "북텐더가 엄선한…" 이런 '구라'가 아니라 단답형으로, 고객 맞춤형으로 "중고 서점이 아닙니다" "도서 대여점이 아닙니다" "참고서와 학습서는 없습니다" "문구는 팔지 않습니다" 하는 식의 동네 언어로 설명해야 했던 거죠.

책에 익숙한 사람에게 서점은 편안한 곳이지만, 사실 서점에서 편안함을 느끼는 사람만큼이나 서점을 낯설고 불편하게 생각하고 있는 사람도 있음을 새삼 깨달았습니다. 제 눈에 니은녹색은 예쁘기만 하고 보기만 해도 파리의 셰익스피어 앤드 컴퍼니가 생각나지만, 동네 분들에게 니은서점은 어디서 굴러들어왔는지 모르지만 뭔가 까탈스러운 이웃처럼 보일 수도 있겠지요. 책을 좋아하는 사람은 서점을 특별한 곳으로 여기고 서점을 애정 어린 시선으로 볼 수도 있지만, 책을 좋아하지 않거나 책을 아예 읽지 않는 사람에게 서점은 뭔가 이상한 곳, 부동산 스트리트와 어울리지 않는 곳으로 여길 수도 있다는 '불편한 진실' 말입니다. 게다가 니은서점은 부동산 스트리트에서도 상아부동산과 같은 건물을 쓰고 있으니까요. 지나가는 동네 분들의 눈으로 니은서점은 "와 서점이네!"가 아니라 "뜬금없이 웬 서점이야?"로 받아들여질 수도 있었을 겁니다.

그럴까봐 개업 날 옆집 부동산, 그 옆의 편의점, 건너편 핫도그 가게와 반찬 가게에도 떡을 돌렸는데요. 아마 떡을 더 많이 돌렸어야 했을까요? 그리고 인사를 했어야 했을까요? "까탈스러워 보이지만요, 새로운 이웃입니다"라고.

깊어가는 가을날에 서점이 이웃에게 낯설어 보이는 이유를 생각했고,

기록적인 더위가 연일 기승을 부리던 2018년 7월 28일, 도매상에 처음으로 주문한 책이 도착했습니다. 그날 우리는 청소를 마무리했고, 도착한 책으로 빈 서가를 채운 후 맥주를 마시며 축하했습니다. 7월 30일, 책 포장용 봉투가 도착하자, 재생용지 갈색 봉투에 정성스럽게 스탬프를 찍어 포장 봉투를 만들었어요. 8월 3일, 니은서점은 임시 오픈을 했고 9월 2일에 정식 오픈을 하면서 책의 생태계에 첫발을 내딛었습니다. 저는 제 인생에서 대부분의 시간 동안 서점의 고객이었죠. 서점을 그렇게 오래 들락거렸지만 서점 주인이 되고 나니, 짐작조차 할 수 없었던 서점이라는 무대의 뒤편을 경험하게 되었습니다. 서점을 열고 난 후에야 비로소 서점의 숨은 모습을 알게 된 것이죠.

첫 가을입니다. 오픈 열기는 차분해졌습니다. 아니, 너무 지나치게 차분해졌습니다. 저는 그 말을 정말 믿었어요. 가을이 되면 누구나 하는 말, "가을은 독서의 계절"이라구요. 내심 이런 계획을 세웠습니다. 9월 2일에 정식 오픈을 하면 그래도 한동안은 '개업발'을 받을 것이고 '개업발'이 빠질 무렵 위기가 오면 독서의 계절이 다가오니, 이 흐름을 잘 이어가면 나름 성공적으로 서점이 자리를 잡으리라 예측했어요. 그런데 가을이 깊어갈수록 손님이 늘기는커녕 줄어들었습니다. 가을 날씨가 너무 좋아서일까요? 더위에 지친 사람들은 전부 야외에서 가을을 즐기기에 바쁜 것일까요? 책 읽는 사람들은 대체 어디로 다 사라진 것일까요? 그들은 낙엽 따라 사라졌나요? 서점 구석에서 '이 심각한 문제'를 생각해봅니다.

조사해보면 상당수의 사람이 독서가 취미라고 대답합니다. 그런데 출판 시장은 성장은커녕 매해 축소되고 있다 하니 기이한 일이죠. 이 현상은 두 가지로 설명될 수 있어요. 첫번째 가능성, 독서가 취미라는 대답이 거짓말인 경우입니다. 사람들의 진짜 취미는 게임 하기나 술 마시기인데, 이실직고하자니 뭔가 부끄럽다는 생각에 독서가 취미라고 꾸며대서 나타난 결과일 수 있는 것이죠. 사회학에서는 은폐 요인이라는 개념이 있는데요. 사람들이 설문조사에 응답할 때 사실을 그대로 밝히는 게 아니라, 선택한 응답을 다른 사람이 알게 되었을 경우 다른 사람이 나를 어떻게 생각을 할까를 신경 쓴다는 거예요. 설문조사의 결과는 당연히 익명으로 처리되기 때문에 한 개인의 태도가 확인되는 게 아님에도 사람들은 혹시나 하는 마음에 솔직한 대답이 아니라 남들이 알아도 창피하지 않은 답을 선택하는 거죠. 그러니 독서와 전혀 관계없는 삶을 사는 사람들이 독서가 취미라고 대답할 가능성을 우리는 배제할 수 없습니다. 이렇게 추정해보면 취미 리스트에서 독서가 빠지지 않는 사실과 출판 시장 규모가 해마다 축소되는 사실 사이의 충돌이 조금은 설명됩니다.

다른 가능성도 있습니다. 독서는 지금 현재의 취미가 아니라 언젠가는 하리라 마음속에 품고 있는 취미일 수도 있는 거예요. 즉 독서가 희망사항인 경우입니다. 이게 사실이라면 우리는 희망을 찾을 수 있습니다. 비록 지금은 독서를 하고 있지 않다 하더라도 독서라는 행위가 언젠가는 하고 싶어하는 긍정적인 행위로 해석되고 있다는 뜻이 되기 때문입니다.

독서와 관련된 여러 조사가 있는데요. 저는 독서행태 조사 결과를 보면서 약간 삐딱한 생각을 하게 되었습니다. 그에 따르면 사람들은 독서를 하지 않은 이유로 늘 "시간이 없어서"라는 대답을 압도적으로 많이 선택합니다. 다시 사회학 이야기를 해볼까요? 예를 들어 지금 사회학자는 사람들이 왜 책을 읽지 않는지 그 원인이 궁금합니다. 그래서 늘 그렇게 하듯 설문지를 작성해서 사람들에게 그 이유를 묻는 방법을 사용해봅니다. 독서행태 실태조사가 그런 방법입니다. 사람들에게 물었더니, 사람들은 "시간이 없어서"라고 독서를 하지 않는 이유로 시간 부족을 들었습니다. '아하, 그렇구나. 사람들은 시간이 부족해서 독서를 하지 않는구나'라고 결론을 내릴 수 있습니다. OECD 국가 중 당당히 2위를 기록하고 있는 연간 평균 노동 시간이나 편도 한 시간이 넘는 통근 시간을 염두에 두면 "시간이 없어서"라는 응답이 충분히 설득력 있어 보입니다.

긴 노동 시간과 통근 시간으로 인한 시간 부족이 독서를 하지 못하는 원인이라면, 독서진흥 캠페인에 앞서 시간 부족이 해결되어야 하는 거 아니겠어요? 방법은 간단합니다. 노동 시간과 통근 시간이 혁신적으로 줄어들 수 있는 정책을 도입해야 합니다. 그런데 생각해보면 정책의 방향은 분명한데, 정책 목표에 도달하는 건 쉽지 않아 보여요. 노동 시간을 줄이려면 한국의 오래된 노동 관행을 근본적으로 수정해야 하고, 통근 시간을 줄이려면 부동산 문제를 해결해야 하기 때문입니다. 아, 우리는 절망에 빠집니다. 책을 읽는 사람이 늘어나려면 우리는 정말 오랜 세월을 기다려, 한국 사회가 개인에게 책 읽을 시간을 허락하는 그날이 올 때까지 기다려야 하는구나 이렇게 생각할 수도 있습니다.

그런데 여기서 잠깐! 어떤 현상의 원인을 추론할 때 핑계 원인의 함정에 빠지지 말라는 걸 전 사회학자로 훈련받을 때 배웠습니다. 핑계 원인이 뭐냐면요, 사람들이 어떤 행동에 대한 실제 원인을 묻는 질문에 자신에게 책임이 귀속되지 않는 답을 한다는 것이지요. 자, 그렇다면 책을 읽지 않는 이유로서 "시간이 없어서"라는 압도적인 응답은 순수하게 어떠한 핑계도 개입하지 않은 것이라고 볼 수 있을까요?

누군가 "시간이 없어서" 연애를 못 한다고 말하면 주변 사람들은 보통 이렇게 대꾸하죠. 좋아하는 사람만 있으면 없는 시간도 만들어내서 하는 법이라고. 즉 시간이 없어서 연애를 못 한다는 답은 그럴싸해 보이지만 사실은 핑계에 불과하다고. "시간이 없어서" 책을 못 읽는다는 대답은 시간이 없어서 연애를 못 한다는 대답처럼 진실이 아니라 핑계일 가능성이 매우 높습니다.

좋아하는 일이라면 우리는 시간이 부족해도 해냅니다. 없는 시간도 만들어내서, 밤잠을 줄여가면서 그 일을 해내지요. 왜냐하면 그 일을 좋아하니까요. 반면 좋아하지 않는 일은 시간이 남아돌아도 절대 하지 않는 게 인간입니다. 결국 사람들이 책을 읽지 않는 진짜 이유는 핑곗거리로 내세우는 시간 부족이 아니라 독서를 좋아하지 않기 때문일 가능성이 더 높아요.

독서 자체를 아예 좋아하지 않는다면 아무리 "책 책 책을 읽읍시다"라고 캠페인을 하든, 노동 시간을 줄여서 좀더 많은 자유 시간이 생기든 책 읽는 사람은 결코 늘어나지 않을 거예요. 그렇다면 우리의 질문은 이렇게 바꿔볼 수 있을 겁니다. 왜 어떤 사람은 독서를 그렇게 싫어할까요? 독서라는 행위가 어떤 사람에게는 왜 그리 낯설기만 할까요?

독서와 관련된 콜드 팩트를 외면하지 말고, 독서를 둘러싼 실제의 관행을 들여다볼까요? 한국의 노인 세대는 소수의 사람들 외에는 교육받을 기회가 없었습니다. 그래서 그들에게 독서란 자신의 삶과는 관계없는 별세계의 일일 수 있어요. 평생 살면서 책을 손에 쥔 경험이 없는 분도 있을 수 있고, 서점이나 도서관에 한 번도 가보지 않았을 수도 있습니다. 돌아가신 저희 아버지와 어머니의 학력은 현재의 기준으로 보면 초등학교 졸업이에요. 저를 학자로 만들어주셨지만 정작 당신들은 책과는 거리가 먼 삶을 사셨어요. 비단 저희 부모님의 사례만 특별한 것은 아닐 겁니다. 그렇다면 한국의 노인 세대가 책을 읽지 않는 이유는 젊은 세대가 책을 읽지 않는 이유와 사뭇 다르겠지요.

젊은 세대는 노인 세대와는 달리 보편적인 교육을 받고 자란 세대입니다. 그래서 젊은 세대에게 책이라는 미디어는 전혀 낯설지 않아요. 독서라는 행위를 노인 세대와는 달리 낯설어하지도 않습니다. 그러니까 젊은 세대가 독서를 안 한다면, 노인 세대와는 다른 이유 때문일 거예요.

자, 이제부터는 우리 솔직하게 이야기해보도록 해요. 책이 그리고 독서가 보통의 한국 사람에게 어떤 의미인지를요. 우리가 인생을 살면서 가장 많은 책을 읽은 때가 언제일까요? 당연히 중고등학생 시절입니다. 그 시절에 가장 많은 책을 읽은 이유는 무엇이지요? 대학입시 준비 때문입니다. 대학입시를 위해서 책을 읽으면서 몇 퍼센트의 사람이 독서에서 쾌감을 얻었을까요? 아주 극소수의 사람을 제외하고, 그런 독서에서 즐거움을 느낄 사람은 없습니다. 저 역시 마찬가지였어요. 아주 지겨워했죠. 입시를 위한 책을 즐거움 때문에 읽은 적이 저는 단 한 번도 없습니다. 그런데 왜 책을 읽었겠어요? 즐거워서가 아니라 필요하기 때문에 억지로 읽는 것이지요. 축구를 별로 좋아하지 않는 제가 군대에서 축구를 억지로 해야 했는데, 그 이후 저는 축구가 더 싫어졌습니다. 왜냐하면 축구라는 단어만 들으면 제 의지와 무관하게 강제된 행동을 해야 했던 그 시절이 자꾸 떠오르기 때문이에요.

대학에 들어갔습니다. 사실상 한국에서 대학에 들어간다는 건 지긋지긋한 입시 공부를 더는 하지 않아도 된다는 뜻이고, 다른 말로 하면 입시용 독서를 하지 않을 자유를 얻었다는 의미이기도 합니다. 중고등학생 시절 많이 들었던 말, "책 좀 봐라!"는 입시 공부를 하라는 뜻에 다름 아니잖아요. 독서 경험이 입시와 관련된 책 읽기의 경험과 완전히 일치하는 한, 한국에서 교욕을 오래 받은 사람은 독서를 싫어하게 될 동기가 더 많은 환경 속에서 오랜 기간을 보낸 셈입니다. 그래서 우리는 사실 독서를 싫어해요. 지겹거든요. 대학에 가려고 책을 읽었고, 대학에 가서는 취업하려고 책을 읽었고, 취업한 이후에는 승진하려고 책을 읽었기에, 책 읽기는 쾌감의 감정과 결합한 행동이 아니라 인내, 절제, 끈질김, 참을성, 강제, 이런 단어와 결합된 행동이었으니까요. 가학 피학적 성향이 아니라면 나를 즐겁게 하는 독서가 아니라 나를 괴롭히기만 하는 독서를 좋아할 리 없습니다. 그래서 평균적인 한국인은 더 이상 독서를 강요받지 않는 지위를 얻으면 독서를 하지 않아요. 또 하나의 특급 비밀을 말씀드리자면, 대학교수들도 독서를 좋아하지 않습니다. 적어도 제가 관찰한 바에 의하면 그렇습니다.

독서를 싫어하게 만들었던 경험이 쌓이고 쌓여 책과 담을 쌓고 지내는 사람이 책의 세계로 다시 진입하려면 지난 부정적인 경험을 대체할 완전히 새로운 독서 경험이 필요해요. 책이 잘 팔려서가 아니라 책이 너무나 안 팔려서 궁리 끝에 '가을은 독서의 계절'이라는 표현이 등장했다는 출판계에 떠도는 '무서운 이야기'를 들으며 남들 눈에는 까탈스러운 이웃처럼 보일지도 모르는 니은서점의 고민은 깊어갑니다. 독서에 대한 부정적인 경험이 지배적인 사회, 독서에 대한 원천적인 경험이 부재한 한국 사회에서 서점 안에 발을 들여놓는 사람은 많지 않을 수밖에 없으니까요.

책이 너무 안 팔리길래, 겨울밤에 어쩌다가 나는 읽는 인간이 되었는지 인생을 회고했습니다.

겨울이 왔습니다. 날씨가 추워지면 아무래도 사람들은 야외 활동보다는 실내생활을 많이 하게 되니 가을을 겪으면서 알게 된 독서계의 공공의 적 '한국의 청명한 가을 날씨'가 사라지면 상황이 괜찮아지리라 희망을 품습니다. 겨울 장사를 준비하려고 서점의 재고를 차츰 늘려갔습니다. 책이 팔리면서 생긴 수입을 모두 책 구입에 쏟아부었더니 빈 서가가 없을 정도로 전시된 책이 늘었습니다. 서점 구석에 제가 작업할 아주 작은 책상을 들여놓았고 집에 있는 컴퓨터도 옮겨왔습니다.

서점에 있는 시간 동안 저는 여러 가지 일을 합니다. 원고를 쓰기도 하고 책을 읽기도 하죠. 책들에 둘러싸여 있다보면 책이 없는 공간에서는 들지 않았던 생각에 빠지기도 합니다. 어쩌다가 나는 이렇게 책과 인연을 맺게 되었을까? 어쩌다가 나는 책을 쓰고 책을 읽고 책을 파는 사람이 되었을까? 어찌하여 책이 제 인생의 한복판으로 들어왔는지를 생각하게 되었습니다.

정확하게 언제였는지는 모르겠습니다. 아주 어릴 때였던 기억만 나요. 흔히 한글을 처음 배울 때 사용하는, '가나다라'가 쓰여 있는 커다란 종이가 저희 집에도 있었고, 아마도 어머니가 제게 '가나다라'를 가르쳐주셨을 거예요. 어린아이가 뭔가 글자에 유독 잘 반응하는 것 같아서 혹시나 하는 마음에 한글을 가르쳤더니 금방 한글을 깨쳤고, 그러더니 한글로 표기된 문장들을 읽기 시작하더라는 겁니다. 그게 제가 네 살 때였다고 해요. 부모님은 신동이 태어난 게 아닌가 슬쩍 생각하면서 국민교육헌장을 읽게 했더니 그것도 외웠다는군요. 믿거나 말거나. 그러니까 저는 네 살이 되면서부터 읽는 세계로 진입한 셈이죠. 읽는 인간, 즉 호모 레겐스homo legens가 된 것입니다.

글자를 읽을 수 있게 되면서 저를 둘러싼 세계가 변화하는 느낌이었습니다. 버스를 타고 간판에 쓰여 있는 글자를 읽는 걸 좋아했습니다. 버스가 빨리 달릴 때는 간판이 순식간에 지나가니 재빨리 글자를 읽어야 했습니다. 그걸 기억했다가 다시 말로 바꿔놓는 게 그렇게 재미있었어요. 버스 안에서 길거리의 간판을 읽어내면, 즉 시각적 자극을 청각적 자극으로 바꿔놓으면, 나 스스로 해낼 수 있는 영역이 한결 넓어지는 느낌이었죠. 뭔가 안개처럼 뿌옇게 내막을 들여다볼 수 없었던, 그래서 어른들이 뭔가 비밀을 글자에 숨기고 있었던 것이 아닐까 의심했던 세계가 성큼성큼 제게 다가오자 제가 그 비밀을 풀어낸 것처럼 흥분되기도 했습니다.

아니 그것 못지않게 주변 사람들의 반응이 더 저를 황홀하게 만들었던 것 같습니다. 어른들이 신기해했죠. 그리고 칭찬했습니다. 어른들의 칭찬을 받으니 내가 글을 읽을 수 있다는 것이 무엇인지 모르겠지만 매우 칭찬받아 마땅한 일이구나 하는 생각에 자부심도 생겼구요. 만약 제 인생에서 요즘 유행하는 심리학 용어로 자아 효능감이라는 것을 처음 느꼈던 때를 찾아낸다면, 처음으로 글자를 읽기 시작하던 시절이 아닐까 합니다. 누군가의 도움 없이 무엇인가를 해냈다는 뿌듯함, 그런 데다 주변 사람들의 환호성, 이 두 가지가 어우러지면서 저는 읽는 인간이 되었습니다.

요즘은 식당에서 찾아볼 수 없는 표현이지만, 제가 어렸을 때, 그러니까 이제 막 글을 읽기 시작하면서 세상의 모든 간판을 탐욕스럽게 소리로 바꾸면서 정복하려던 때, 어린아이의 정복욕이 한계에 부딪히도록 만든 문구가 있었습니다. 한 식당 간판에 '대중식사'라고 쓰여 있었어요. 대중식사, 대중식사 몇 번을 소리내어 읽어봤는데 아무리 반복해도 그 뜻이 뭔지 짐작조차 할 수 없었습니다. 안간힘을 썼습니다. 칭찬받고 싶었거든요. 주변의 찬사를 받았을 때 짜릿한 느낌을 너무나 잘 알고 있으니까, 이 수수께끼를 풀어내면 어른들이 얼마나 기특해할까 생각했고 그래서 더 악착스럽게 그 뜻을 이해하려 발버둥쳤습니다. 제가 생각해낸 대중식사의 의미는 '대'한민국과 '중'국의 '식사'를 파는 시당이었어요. 그때 전 이미 제 뜻풀이가 아주 근사하다고 생각했던 것 같습니다. 그래서 의기양양해져서 어머니에게 말했죠. “엄마, 대중식사는…” 어머니는 난감해하셨습니다. 별다른 설명을 하지 않으셨지만, 기대했던 칭찬이 돌아오지 않았기에 전 제 뜻풀이가 엉터리였음을 직감했습니다. 글자를 소리로 바꿔놓는 것과 그 뜻을 이해하는 것은 별개라는 것도 어렴풋이 그때 깨달았던 것 같습니다.

글을 읽게 되자 단순히 글자를 소리로 바꿔낼 수 있는 사람보다 해석하는 사람이 더 근사해 보였죠. 알베르토 망겔은 읽는 사람을 단순히 시각적 자극을 청각적 자극으로 바꿔놓는 사람이 아니라 세계를 해석할 수 있는 사람이라고 하면서 읽는 사람의 다양한 예를 들었던 적이 있는데요. 그 구절을 여기에 옮겨놓고 싶습니다.

> 더 이상 존재하지 않는 별들의 천체도를 읽는 천문학자, 집을 지을 때 악귀를 물리치기 위해 집터를 읽는 일본인 건축가, 숲속에서 동물들의 발자국을 읽는 동물학자, 자신의 승리의 패를 내놓기 전에 상대방의 제스처를 읽는 도박꾼, 안무가의 메모나 기호를 해석해내는 무용가, 무대 위에서 공연 중인 무용가의 동작을

읽는 관중, 한창 짜 내려가고 있는 카펫의 난해한 디자인을 읽어내는 직공, 오케스트라용으로 작곡된 난해한 악보를 해독하는 오르간 연주가, 아기의 얼굴만 보고도 기뻐하는지 놀라고 있는지 아니면 감탄하고 있는지를 눈치채는 부모, 거북의 등딱지에 나타난 모양새를 보고 길흉을 점치는 중국 점쟁이, 밤에 침대 시트 아래에서 사랑하는 사람의 육체를 읽는 연인, 환자들을 상담하며 뒤숭숭한 꿈을 풀이하도록 돕는 정신과 의사, 바닷물에 손을 담가 보고 바닷물의 흐름을 읽어내는 하와이의 어부, 하늘을 보고 날씨를 예견하는 농부.•

'대중식사'라는 단어를 해석하는 데서 쓰라림을 맛보고 난 이후 저는 해석하는 사람이 되고 싶었나봐요. 해석하는 사람이 되는 데 가장 많은 도움을 받은 게 책이었습니다. 어머니는 아들이 글 읽는 것에 관심을 보이자 지원을 아끼지 않으셨습니다. 제가 어렸을 때만 하더라도 책 판매 방식은 '월부책장사'에 의한 방문판매 위주였어요. '계몽사'가 그때 가장 유명한 출판사 중의 하나였구요. 계몽사는 '소년소녀세계문학전집' '소년소녀위인전집'

• 알베르토 망겔, 정명진 옮김, 《독서의 역사》, 세종서적, 2000, 14쪽.

이런 류의 어린이용 전집을 많이 출판했었는데요. 월부책장사는 저희 집에 자주 왔어요. 저희 집에 오면 반드시 새로 나온 전집 한 질을 팔 수 있었으니까요. 평상시에는 돈을 아끼던 어머니였지만 적어도 책값은 아끼지 않으셨습니다. 계몽사에서 나온 전집이 당시 돈으로는 결코 적지 않은 가격이었는데도, 어머니는 아무렇지도 않게 책값을 치르고는 하셨죠. 집에 정말 책이 많았습니다. 책이 눈에 보이니까 책을 읽게 되었고, 책을 읽으면 읽을수록 저는 단지 글을 읽는 수준에서 벗어나서 해석할 수도 있는 사람이 되어간 거죠.

최근에 《그레구아르와 책방 할아버지》라는 책을 읽었는데요. 그 책 속에 빅토르 위고가 46행 운율 형식으로 쓴 시 〈감옥을 방문하고 나서 씀〉이 실려 있어요. 읽는 인간이 되고 더 욕심이 생겨 해석하는 인간이 되고자 했던 저의 어린 시절이 생각나서 그 시를 여기에 옮겨봅니다.

> 우리가 쓴 모든 것의 최초의 선구자인 신은
> 사람들이 취해 있는 이 땅 위에서
> 정신의 날개를 이 책 속에 넣어놓았다.
> 책을 펼치는 사람은 누구나 거기서 날개를 찾아,

영혼이 자유롭게 움직이는 저 높은 곳을 날 수 있다.

학교는 예배당과 같은 성소이다.

아이가 알파벳을 손가락으로 짚어가며 하나씩 따라 읽을 때

문자 하나하나마다 미덕이 들어 있으니,

그 심장은 이 겸허한 미광 속에서 은은히 빛난다.

그러므로 아이에게 책을 주어라.

손에 램프를 들고 걸어라, 그 아이가 그대를 따라올 수 있도록.•

• 마르크 로제, 윤미연 옮김, 《그레구아르와 책방 할아버지》, 문학동네, 2020, 126쪽.

새봄을 맞으며 저를 읽는 인간으로 만든 '내 인생의 서점'을 떠올렸고,

봄이 되니 연신내는 활기를 띱니다. 겨우내 살짝 줄어든 등산객도 다시 늘어납니다. 새 학기를 맞이한 학생들은 경쾌해 보이네요. 방학 동안 인근 고등학교 학생들의 발길이 줄어들었던 마카롱 가게가 다시 붐빕니다. 알라딘 중고서점 길 건너편 아트박스에는 학용품을 사려는 학생들이 가득합니다. 그런데 서점에는 도통 학생들이 들르지 않아요. 왜 그럴까요? 시간이 좀 지나니 동네 아저씨 아주머니 중 단골손님도 생기기 시작했는데, 중고등학생들에게는 서점이 낯선가봅니다. 아! 제가 왜 그걸 깨닫지 못한 걸까요? 제가 학생이었을 때는 전자상거래가 없었고, 그래서 책은 당연히 오프라인 서점에서 사는 게 '디폴트'였는데, 지금의 중고등학생은 이미 동네 서점이 다 사라지고 난 이후에 태어난 것입니다. 저는 이들과는 완전히 다른 방식으로 책을 접하면서 자랐습니다.

어린아이였을 때는 어머니가 월부책장사를 통해 사주신 전집을 읽었지만, 청소년기에 접어들면서 스스로 책을 골라 읽기 시작했습니다. 제가 태어나고 자란 경기도 파주군 광탄면은 아주 작은 마을이에요. 그래서 책만 파는 서점은 없었는데요. 그래도 보광문구사라는 제법 큰 문방구가 서점을 겸했습니다. 보광문구사 한편에 책장이 있었고 거기에 판매용 책이 있었는데, 저는 보광문구사에 자주 놀러 갔어요.

박완서 선생님의 데뷔작 《나목》을 알게 된 것도 보광문구사였지요. 읽고 너무 재미있어서 그 이후 박완서 선생님 책이 나오기만 하면 빼놓지 않고 읽었습니다. 박완서 선생님의 수필집 《꼴찌에게 보내는 갈채》 역시 보광문구사에서 제가 샀던 책 중의 하나였습니다. 그때 읽었던 책들이 다 생각나지는 않지만, 제 기억 속에 남아 있는 책으로는 한국전쟁 이후 차별받던 혼혈아 문제를 다룬 수기 《엄마, 왜 나만 검어요》, 전혜린의 《그리고 아무 말도 하지 않았다》, 가와바타 야스나리의 《설국》이 있습니다. 《설국》을 제대로 이해할 나이가 아니었는데, 묘하게 매력 있는 책이었어요. 그리고 사실 제가 성에 대해 눈을 뜨게 된 것도 《설국》이라는 책을 통해서였지요.

보광문구사 한편에서 책을 고르는 건 재미있었어요. 다행스럽게도 책을 사는 데 경제적 어려움은 없었습니다. "보광문구사에 책 사러 갈게요"라고 말하면 어머니는 늘 넉넉하게 돈을 주셨거든요. 그 돈을 들고 보광문구사 서가를 샅샅이 뒤지면서 읽고 싶은 책을 골라내고 집에 와서 읽으면 저는 제가 경기도의 작은 마을에 살고 있다는 사실을 잊었어요. 책을 펼치면 제 방은 삿포로가 되었다가 러시아가 되었다가 독일이 되었으니까요. 지금

생각해보면 참 신기하기도 합니다. 대도시에도 서점이 드문 세상인데, 그 시골 작은 마을에도 책 파는 곳이 었었네요. 그때만 하더라도 인터넷이 없었고, TV 방송은 늦은 오후에 시작해서 자정이 되면 끝났고 독서를 방해하는 미디어는 라디오뿐이었는데, 라디오는 독서와 강력하게 충돌하는 미디어는 아니니까요.

중학교에 진학하면서, 그러니까 앞서 말씀드렸던 현재 니은서점이 있는 연신내의 대성중학교로 전학을 하면서 좀더 큰 서점을 들락거리게 되었습니다. 특히 독립문에 있던 대신고등학교에 진학하면서부터는 제가 다니던 서점의 스케일이 달라졌는데요. 대신고등학교 대각선 방향 영천시장 입구에 '골목책방'이라는 중고서점이 있었어요. 골목책방에는 건축 관련 책들이 많았습니다. 저는 건축 잡지《공간》과월호 중에서 마음에 드는 것을 찾아내 사곤 했습니다. 고등학생 시절 마음 한편에 건축가가 되고 싶다는 생각을 품고 있었기에,《공간》에 실린 김수근 특집이라든가 김중업 특집을 보면 가슴이 설레기도 했죠.《공간》에는 '불란서 2층 양옥집'이라든가 공간 사옥이라든가 프랑스 대사관에 관한 글이 자주 실렸는데, 저는 이런 글들을 읽으면서 이국취미를 익힌 듯합니다. 골목책방은 저를 '읽는 사람'으로 만들어주었던 서점 중에서 교보문고와 함께 여전히 남아 있는 아주 소중한 곳입니다.

학교가 끝나면 글복책방을 거쳐 좀 걸어서 광화문까지 가곤 했습니다. 광화문에는 당시 서울에서 제일 유명했던 덕수제과점 옆에 '중앙도서전시관'이라는 서점이 있었습니다. 규모가 보광문구사와는 비교도 안 되는 대형 서점이었습니다. 여기서는 주로 전파과학사에서 나온 과학 관련 책과 예술 관련 일본 번역서 그리고 삼중당 문고를 샀던 기억이 나요. 그러다가 광화문 교보문고가 생겼습니다. 지금도 큰 서점이지만 당시의 감각으로는 정말 입이 떡 벌어지게 큰 서점이었죠.

교보문고가 문을 열던 날, 황홀했습니다. 세상에서 이렇게 책이 많은 곳을 눈으로 확인한 것은 처음이었으니까요. 좀더 걸어서 종로2가에 있던 종로서적에 가기도 했는데요. 아무래도 교보문고나 종로서적이 중앙도서전시관과는 비교가 안 될 정도로 큰 규모이다보니, 제가 이 서점에서 찾아내는 책도 달라지기 시작했습니다.

《마당》이라는 잡지가 있었습니다. 1970년대에 꽤나 유명했던 잡지 《뿌리깊은 나무》가 강제 폐간되고 난 이후 1980년대에 접어들면서 다시 만들어진 잡지입니다. 이 잡지는 여러 면에서 특이했어요. 《리더스 다이제스트》나 《TV저널》과 같은 잡지에서는 결코 읽을 수 없는 기사가 많이 실렸는데요. 저는 《마당》을 읽기 시작하면서 고등학교 사회 시간에는 느끼지 못했던 이른바 사회과학적 호기심이 생기기 시작했습니다. 가난한 농촌에 대한 르포라든가 평범한 사람들의 삶에 대한 기사가 자주 실렸었는데, 제가 직접 경험하지 못했던 사회를 간접적으로 알 수 있게 되었어요. 《마당》이 저에겐 세상을 향해 난 창문이었던 셈입니다.

제가 고등학교 때는 이과였습니다. 의과대학에 진학하거나 건축가가 되는 게 제 장래희망이었는데, 점점 사회과학에 대한 관심이 커졌습니다. 의과대학 진학은 제게 있던 세속적인 욕망의 힘이 작동한 결과라면, 건축가는 골목책방의 영향이었을 것이고, 사회학에 대한 관심은 교보문고와 종로서적에서 발견한 사회과학 책의 영향이었을 겁니다. 도스토옙스키의 소설은 지루하고 읽기 쉽지 않았지만, 당시에 읽었던 《죄와 벌》은 제가 사회학에 관심을 갖게 하는 데 큰 영향을 끼쳤습니다. 고등학교 3학년 시절은 제게 이 세 가지 관심이 서로 충돌하던 시기였어요. 마침내 관심의 추는 사회학으로 기울어졌습니다. 교보문고와 종로서적이 승리한 것이죠.

대학 시절엔 주로 신촌에 있는 사회과학 서점의 단골손님이었습니다. 지하철역 6번 출구에서 서강대학교로 가는 길목에 '서강인(2004년 7월에 폐점)'이라는 서점이 있었고 정문 바로 건너편에 '조은일 문고'라는 서점이 있었습니다. 1980년대는 사회과학 출판의 전성기라고 해도 과언이 아닐 정도로 사회과학 책이 쏟아지던 시기였죠. 참새가 방앗간을 들르듯 서점은 학교를 오가는 길에 매일 들르는 곳이었습니다. 이 시기가 제 인생에서 책을 가장 많이 읽었던 때이기도 한 것 같습니다. 당시에 읽었던 책 중에서 지금도 기억이 나는 책을 꼽아보자면, 박현채의 《민족경제론》, 리영희의 《전환시대의 논리》, 김학준의 《러시아 혁명사》, 황석영의 《죽음을 넘어 시대의 어둠을 넘어》, 동녘 출판사에 나온 일본 번역서 《철학 에세이》 등이 있습니다. 대학 시절 제가 읽었던 책 리스트에서 이념의 시대였던 1980년대의 분위기가 물씬 느껴지지 않나요?

1980년대에 읽었던 책들은 내용을 전혀 기억하지 못합니다. 그 책들은 내용이 아니라 태도로 제 몸에 흔적이 남아 있는 것 같습니다. 지식은 자고로 시대와 호흡해야 한다는 것, 이미 형성되어 있는 기성의 지식을 무비판적으로 습득하는 게 아니라 비판적 지식, 대안적 지식을 추구해야 한다는 것 등은 여전히 저한테 남아 있는 태도입니다.

일주일에 두세 권은 읽었던 것 같고, 사들인 책은 읽은 책보다 당연히 많았죠. 책 사는 게 취미였고, 용돈 중에서 가장 많은 지출이 책 구입이었던 시기입니다. 그 당시에 제가 많이 읽었던 책을 냈던 출판사 중에서 현재까지 있는 출판사로 사계절, 동녘, 한길사, 돌베개, 창작과비평사(창비), 문학과지성사 등이 있습니다. 제 첫 책이 문학과지성사에서 나왔고 제가 출판한 책 중의 상당수가 사계절 출판사에서 나왔는데요. 개인적으로 책은 저의 과거와 현재를 이어주는 미디어이기도 합니다.

1995년에 독일로 유학을 갔는데, 독일의 서점은 한국과는 좀 달랐습니다. 책을 한국의 대형 서점처럼 많이 전시해놓고 판매하는 방식이 아니라, 손님이 필요한 책을 주문하고 주문한 책을 찾아가는 방식이었어요. 아직 컴퓨터 데이터베이스가 구비되어 있지 않던 시절이라 서점 주인에게 구입할 책 제목과 저자를 알려주면 정말 두꺼운 (독일에서 출판되었고 유통되는 책의 목록을 수록한) 책을 찾아보고 주문 가능 여부를 알려주는 방식이었습니다. 아무래도 이런 방식은 책을 구경하고 발견하는 재미가 좀 덜했죠. 그 재미는 다른 방식의 서점에서 찾을 수 있었는데요. 대학 주변에는 이동식 중고서점이 있었거든요.

주로 점심 시간 무렵 유동 인구가 많을 때, 학생식당 주변에는 바나나 박스에 중고책을 펼쳐놓은 좌판이 벌어집니다. 제가 다니던 베를린 자유대학의 멘자(학생식당) 주변에도 책 좌판이 있었습니다. 시내에 더 큰 규모의 중고서점이 있긴 했지만 그곳이 일부러 찾아가야 하는 곳이었다면, 학생식당 주변의 중고서점은 점심 식사 후에 자연스럽게 매일 들르는 곳이었죠. 유학생활의 일상이 대략 그랬던 것 같습니다. 점심을 먹고, 카페테리아에서 커피를 한 잔 마시고 그다음에 도서관이나 강의실로 가기 전에 좌판에서 책을 구경하는 것이죠.

독일은 한국과 비교할 때 책이 아주 비쌉니다. 특히 학술서인 경우 너무 비싸서 학생의 생활 형편으로는 살 엄두가 나지 않을 정도였습니다. 아무래도 독일어가 모국어가 아니니까 책 한 권을 읽는 데 시간이 많이 필요해서 도서관에서 책을 빌리는 것으로는 충분하지 않았기에, 책을 마음껏 사지 못하는 아쉬움은 아주 컸죠. 독일의 인문사회과학 출판사 중에서 가장 유명한 주르캄프Suhrkamp에서 나온 책의 경우 문고판이라 하더라도 최하 10유로 이상이었으니까요. 그 책이 만약 하드커버 판형이라면 30~40유로는 거뜬히 넘기 때문에 새 책을 살 만한 형편이 안 되는 학생들에게 중고 서점은 아주 좋은 대안이었습니다. 특히 '파본Mängelexemplar'이라는 도장이 찍혀 있으면 하드커버판도 매우 저렴한 가격으로 구입할 수 있었어요. 파본 도장이 찍힌 책 더미에서 주르캄프의 하버마스 하드커버판을 발견하면 횡재한 느낌이었습니다. 중고서점에서 파본을 뒤지고 뒤져 벤야민 전집, 아도르노 전집을 찾아내고, 독일 통일 이후 베를린의 분위기인 듯 폐지 값이나 다름없는 가격으로 판매되는 칼 마르크스 전집을 사모으기 위해 주말 벼룩시장을 가던 기억이 납니다.

《베를리너 모르겐포스트》 같은 신문 광고에 가끔 "철학 박사, 공부 그만둠. 책 처분함"이런 광고가 실리면 정말 알짜배기 책을 좋은 가격으로 살 수 있다는, 유학생 사이에 떠도는 전설을 믿고 열심히 그 광고를 찾았으나, 저는 한 번도 그 전설적인 판매자를 만나지는 못했어요. 이렇게 다양한 서점을 들락거리며, 책을 사고 읽다보니 책을 쓰게 되었고, 책을 쓰다가 그것도 모자라 책을 파는 사람인 니은서점의 북텐더가 되었습니다. 제 인생의 서점들이 없었다면 사회학자가 된 저도 없었을 것이고, 니은서점도 없었을 것이니 세상은 이렇게 이어져 서로 예상하지 못했던 결과를 만들어내나봅니다. 어떻게 하면 '서점 없음'이 '디폴트'인 이들에게 서점을 자연스럽게 경험할 수 있게 할 수 있을까요? 과제가 하나 더 추가되었습니다.

안 그래도 더운 여름날 망할 공급률, 망할 리커버 에디션, 더 망할 그놈의 굿즈 때문에 열을 받기도 했습니다.

봄 여름 가을 겨울을 다 겪어봐야 비로소 그곳의 사정을 모두 알게 된다고들 하지요? 책이 정말 끔찍하게 안 팔리는, 말뿐인 '독서의 계절' 가을, 사람들이 크리스마스 선물 사고 연말 모임하느라 책 읽을 시간이 통 없는 겨울, 알록달록 피기 시작한 봄꽃 구경하느라 흑백이 주된 색인 칙칙한 책에는 눈길조차 주지 않는 봄을 겪었습니다. 이제 여름인데, 여름은 대체 무엇으로 절 깜짝 놀라게 할까요?

여름엔 제법 책이 팔렸습니다. 예상하지 못했던 일이에요. 그 이유가 궁금해서 단골손님에게 슬쩍 물어보니, 더운 여름날엔 냉방 잘된 카페에서 책 읽으며 피서하는 게 좋다고 하더군요. 그거였습니다. 그런데 여름이 되니까 대형 서점과 온라인 서점의 판촉 행사가 심상치 않습니다.

온라인 서점은 10퍼센트 할인 가격으로 책을 판매합니다. 대형 오프라인 서점도 정가로 파는 것처럼 보이지만 교보문고의 '바로드림'과 같은 서비스를 이용하면 오프라인 서점에서 책을 사면서도 온라인 구매와 동일하게 10퍼센트 할인된 가격으로 구매할 수 있습니다. 게다가 5퍼센트의 적립금도 지급됩니다. 그런데 동일한 책을 어떤 곳에서는 정가로 판매합니다. 소비자는 왜 이런 일이 벌어지는지 모르지만, 본능대로 더 싸게 파는 곳에서 책을 사고 싶어해요. 겉으로 보면 정가로 책을 판매하는 서점이 탐욕스러워 보입니다. 하지만 내막을 들여다보면 반드시 그렇지는 않습니다. 거기에는 대형 자본과 영세 자영업자 사이의 근본적인 차이, 영세 자영업자를 절대적으로 불리하게 만드는 시장의 법칙이 숨어 있습니다.

독자는 소매점에서 책을 삽니다. 소매점은 도매상으로부터 물건을 공급받고, 출판사는 서점과의 직거래가 아닌 이상 도매상과 거래합니다. 소매상이 도매상으로부터 물건을 사오는 가격, 즉 정가 대비 도매가의 비율을 공급률이라고 하는데요. 처음 들어보시는 단어이지요? 정가 1만 원짜리 책을 도매상이 7,000원에 공급하면 이 책의 공급률은 70퍼센트입니다. 정가와 도매가의 차액이 소매상이 기대할 수 있는 이윤입니다. 공급률이 70퍼센트일 경우, 소매 서점은 1만 원짜리 책을 정가에 판매하면 3,000원의 이윤이 생깁니다. 만약 도서정가제가 허용하는 범위인 10퍼센트 할인가격으로 판매하면 이윤은 2,000원으로 줄어들고, 5퍼센트 적립금을 적용하면 이윤은 1,500원으로 감소합니다. 온라인 서점은 단 한 권을 주문해도 무료 배송을 해줍니다. 하지만 작은 서점은 그런 서비스를 제공할 수가 없습니다. 배송비를 인하하려면 택배회사와 대량 배송 계약을 해야 하는

데, 작은 서점은 그럴 만큼 책을 많이 팔지 못하기 때문입니다. 우체국 택배를 통해 배송을 하게 되면 최소 3,500원의 배송비가 들어가니까요. 만약 작은 서점이 무료 배송까지 한다면, 책 한 권을 팔아서 이익은커녕 손해를 보게 되는 경우가 생기는 거지요. 작은 동네 서점이 하나둘 사라진 이유는 이 때문입니다. 기본적으로 소매 이윤이 박한데 책 판매량은 줄어들고 있고 대형 서점과 온라인 서점은 10퍼센트 할인에 5퍼센트 적립금 그리고 무료 배송까지 하니 영세 자영업 규모의 작은 서점은 도저히 시장경쟁에서 버텨낼 재간이 없는 것이죠.

어느 날의 일입니다. 판매 장부를 정리하다가 그저 껄껄거리며 웃을 수밖에 없었어요. 장부에 적힌 판매 이윤을 보고 처음엔 잘못 기입한 줄 알았거든요. 정가 14,000원짜리 책이었는데, 판매 이윤이 700원이라고 적혀 있는 거예요. 당연히 그럴 리 없다 생각했죠. 이건 분명 계산 착오라고 생각하고 장부를 검토하다가 뒤늦게 기막힌 사실을 발견했습니다. 니은서점의 명예의 전당에도 모셔진 스가 아쓰코의 신간이었기에, 도매상에 주문할 때 공급률을 확인하지도 않고 그저 반가운 마음에 냉큼 주문했었던 책이었어요. 뒤늦게 확인한 그 책의 공급률은 85퍼센트였습니다. 14,000원짜리 책을 니은서점은 도매상으로부터 11,900원에 사왔습니다. 그런데 10퍼센트를 할인하면 판매 가격은 12,600입니다. 11,900원에 사온 책을 12,600원에 판매했더니 이윤은 그 차액인 700원에 불과했던 것이죠. 조금은 허탈하고 조금은 어이없어 하며 껄껄대다가 대체 이 책을 온라인 서점에선 얼마에 판매하는지 궁금해졌어요.

온라인 서점은 이 책을 12,600원에 판매하고 있었습니다. 그리고 어김없이 5퍼센트에 해당되는 적립금도 지급하고 있었어요. 만약 온라인 서점에 공급되는 공급률이 니은서점 공급률과 동일하다면, 온라인 서점의 이 책의 판매 이윤은 0원이 됩니다. 심지어 별도의 배송비도 받지 않는데, 온라인 서점은 손해를 보면서 이 책을 파는 것일까요? 그 비밀은 단순한데요. 공급률이 다르다는 것입니다. 동일한 책이 온라인 서점에 공급될 때와 니은서점과 같은 영세 서점에 공급될 때 도매가 자체가 다르다는 것이지요.

아마 출판사의 입장에서는 책이 많이 판매되는 온라인 서점에는 보다 낮은 공급률을, 그리고 하루에 몇 권 팔지 못하는 니은서점과 같은 곳에는 높은 공급률을 적용하는 게 시장 원리에 맞다고 생각할 수도 있습니다. 책은 분명 상품이지만, 상품적 속

성만으로 환원시킬 수 없는 문화적 가치를 갖고 있는 '문화적 예외'가 적용되는 가장 대표적인 상품이에요. 책의 생태계는 시장경쟁력이라는 원리만큼이나 '문화적 예외'에 대한 존중이 균형을 이룰 때 파괴되지 않고 지속 가능할 수 있습니다. 한국어 시장은 소수의 작가를 제외하면 인세로 밥벌이를 할 수 없을 정도로 작은 시장입니다. 그럼에도 수많은 작가들이 글을 씁니다. 베스트셀러 작가는 출판 시장을 만들지만, 베스트셀러 작가가 아님에도 불구하고 좌절하지 않고 책을 쓰는 작가는 한국 출판 시장의 다양성을 수호하는 소중한 존재입니다. 대형 출판사는 시장을 주도하고 출판 산업을 성장시키는 동력이지만, 작은 출판사가 펴내는 다종다양한 책들이 없다면 출판 생태계는 황량해질 것입니다. 니은서점과 같은 영세 서점이 전체 책의 판매에서 차지하는 비중은 미약할, 아니 보잘것없을 수도 있죠. 하지만 시장에서의 역할은 대단하지 않다고 하더라도, 전국의 독립 서점이 각종 어려움 속에서도 수행하고 있는 문화적 기능이 과소평가될 이유는 없습니다.

영세 규모의 서점을 운영해보니 부딪히는 난관은 불리한 공급률만은 아니었습니다. 책이 워낙 안 팔리다보니 책 판촉을 위한 다양한 방법들이 사용됩니다. 작가와의 만남을 기획하거나 예약 판매를 걸고 예약 주문을 하는 분들에게만 특별한 사은품을 제공하는 이벤트를 만들기도 하고, 온라인 서점은 적립해놓았던 포인트를 차감하면서 책과 관련된 다양한 사은품을 제공하기도 합니다. 사은품을 보통 '굿즈'라고 부르는데요, 사은품을 왜 하나같이 굿즈라 부르게 되었는지 그 까닭은 저도 모릅니다. 예전에 가전제품 대리점을 통해 가전제품이 팔리던 시대에 대리점에서 냉장고를 사면 온갖 사은품을 제공하던 게 기억나요. 제품을 구매하는 사람에게 감사의 뜻으로 김치저장통을 주기도 했었습니다. 책을 사는 사람에게 이러한 사은품, 즉 굿즈를 제공하기 시작한 관행이 정확하게 언제부터인지는 모르지만 이제 온라인 서점에서 책을 꽤 사는 사람들 사이에서 굿즈는 당연 화제입니다. 심지어 아주 '취향저격'인 굿즈가 제공될 경우, 굿즈를 얻기 위해 책을 산다는 말이 떠돌 정도였으니까요.

책을 더 많이 팔려고 마케팅 차원에서 시작되었고 현재의 다소 기형적인 도서정가제가 굿즈 판매를 금지하고 있지 않기 때문에 굿즈 그 자체는 문제가 되지 않을 수도 있어요. 그런데 굿즈가 일반화되다보니 책을 구매하는 분들에게 굿즈는 마치 책을 사면 당연히 따라오는 것처럼 인식되고 있어요. 이런 상황이 되면 영세 자영업자는 굿즈 공세에 적절하게 대응할 수가 없어요.

대형 서점이나 온라인 서점은 MD와 출판사 마케터의 미팅이 수시로 있다고 들었습니다. 그때 마케터가 새로 나온 책을 MD에게 소개한다고 해요. 대형 서점이나 온라인 서점은 신간 정보를 이렇게 쉽고 체계적으로 수집할 수 있습니다. 그렇다면 니은서점과 같은 영세 서점은 신간 정보를 어떻게 얻을까요? 출판협회가 신간 데이터베이스를 제공하지도 않고, 도매상이 이런 정보를 제공하지도 않기 때문에 약간 어색한 이야기입니다만, 영세 서점은 신간 정보를 온라인 서점 사이트에서 얻어요. 그래서 니은서점 북텐더도 온라인 서점에 하루에도 몇 번씩 들어가지요.

아! 온라인 서점에 들어갔더니 '쌈빡한 굿즈'가 보이네요. 아! 어떤 책을 예약 구매하는 분에게만 부여하는 특전도 유혹적이네요. 아! 어떤 책은 표지를 새로 디자인했군요. (사은품을 '굿즈'라고 부르는 것처럼 내용은 그대로인데 표지만 바뀐 책을 서점가에서는 '리커버 에디션'이라고 부릅니다.) 아! 손님이 와서 리커버 에디션을 찾으시네요. 니은서점에는 이전의 표지로 나온 재고가 있는데 그 책이나 리커버 에디션이나 책 내용은 동일

아시만, 그래도 손님은 리커버 에디션을 원하시네요. 아! 손님이 굿즈에 대해 물어보시네요. 손님 앞에서 한없이 작아집니다. 잘못한 것도 없는데 입에서는 이미 "죄송합니다"라는 말을 해버렸습니다.

손님이 돌아가고 난 후, 온라인 서점에 들어갔더니 정말 손님의 말처럼 특정 대형 서점이나 온라인 서점에서는 리커버 에디션을 '쌈빡한 굿즈'와 묶어서 판매하고 있네요. 게다가 마침 그날이 그 전설적인 '빵 권 데이(책이 한 권도 팔리지 않은 날)'였다면 조금 전 "죄송합니다"라는 말을 했던 제 입에서는 "제발 굿즈질, 표지갈이질 좀 그만!"이라는 비명이 발사됩니다. 영세 자영업자의 생계형 분노에 좌절이 곁들여진 비명 들어보신 적 있으신가요?

그런데 말입니다. 막상 니은서점의 이야기를 책으로 만들고 보니, 출판사는 혹시라도 '망할 그놈의 굿즈'가 책이 한 권이라도 더 팔리는 데 도움이 되지 않을까 해서 '망할 그놈의 굿즈'를 제작하고 싶어하네요. 출판사의 그 애틋한 마음을 아는지라 도저히 거절할 수가 없었어요. 그리고 살짝 뒤늦게 알았죠. '망할 그놈의 굿즈'에는 책을 팔기 위한 출판사의 절실함도 담겨 있다는 것을요. 책이 얼마나 안 팔리면 '망할 그놈의 굿즈'를 만들었겠어요? 《이러다 잘될지도 몰라, 니은서점》의 굿즈에도 그 간절함이 담겨 있습니다.

#3

망하지 않으려고 책 파는 기술을 연마했습니다

책을 사면 좋은 이유에 관한 아주 설득력 있는 '썰'을 만들었는데,

'빵 권 데이'를 몇 번 경험하고 나니 서점에 걸었던 낭만적 기대가 완전히 사라집니다. '오픈 허니문'은 끝났습니다. "서점을 통해 세상에 가치를 전파할 거야"와 같은 애초에 품었던 포부는 현실성 없는 공허한 말로 느껴졌습니다. 서점을 통해 제가 하고 싶어했던 일을 정말 하려면 너무나 당연한 전제 조건이 '망하지 않고 살아남는 것'이잖아요. 그래서 아주 현실적인 고민을 시작했습니다.

혹시나 인테리어와 분위기로 승부를 걸면 사람들이 서점에 많이 들어오지 않을까 하여 서점을 쓸고 닦으면 확실히 효과가 있습니다. 서점에 들어오는 분이 늘어납니다. "서점이 참 예쁘네요"라는 인사도 많이 듣게 됩니다. 그런데요, 예쁘다는 인사 듣자고 서점을 차린 거 아니잖아요. 책을 팔겠다고 서점을 차렸는데 예쁘다는 인사만 들으면 허탈하죠. 서점에 들어오는 사람이 늘어나는 것도 중요하지만, 그렇다고 서점에 들어오는 모든 사람이 책을 구입하는 것은 아닙니다. 그래서 그다음 전략을 세웠습니다. 일단 서점에 사람들이 많이 들어오게 하자. 그리고 서점에 일단 발을 들여놓은 사람은 책을 사게 만들자. 이런 작전을 짰습니다.

이런 작전을 짜게 된, 믿거나 말거나 어이없는 스토리 하나

들려드리겠습니다 서점 초창기 때입니다. 등산복 차림의 두 명의 중년 남녀가 서점에 들어오셨어요. 서점이 예쁘다고 말을 하시면서 여자 손님은 책을 사셨어요. 그런데 문제는 같이 온 중년 남자 분입니다. 니은서점은 책만 파는 서점인 거 아시죠? 제가 커피는 팔지 않겠다고 다짐한 것도 잘 아시죠? 커피를 팔지는 않지만 서점 한구석에는 꽤나 괜찮은 커피 머신이 있어요. 커피 드시면서 책을 읽고 싶어하는 분들도 있어서 집에서 사용하던 머신을 옮겨놓은 것인데, 직접 커피를 내려드시고 그 값을 알아서 팁 박스에 넣어주시면 되는 시스템입니다. 그 여자 손님이 책값을 치르고 나가시려는데, 같이 오신 중년의 남자 분이 커피를 마셔야겠다는 겁니다. 여자 손님이 "여기 커피 파는 곳 아니야"라고 말했더니 그 남자 분이 저기 커피 머신 있다고 손가락으로 가리키는 것입니다. 그 남자 분은 서점에 와서 책 구경은 안 하고 커피 머신 구경은 했나봅니다.

그래서 커피를 드렸죠. 물론 속으로는 별생각이 다 들었지만 얼굴은 사교적 웃음을 잃지 않았지요. 영세 자영업자가 되면 누구나 이런 생존의 테크닉이 생깁니다. 그 남자 분이 커피를 마시면서 이런저런 이야기를 하더니, 마침내 폭탄 발언을 했습니다. 자신은 책을 절대 안 산다구요. 같이 오신 분이 놀라서

"여기는 서점이에요"라고 했지만 그분은 정말 독립선언문 낭독하듯 왜 자기가 책을 사지 않는지에 관한 '썰'을 장시간 늘어놓고 갔습니다. 요즘 도서관에 책이 얼마나 많은지를 설명하더니 자신은 책을 도서관에서 빌려보는 것으로 충분하다고 '서점'에서 힘주어 강조하시더군요. 그분이 가신 후 결심했죠. 책을 사면 좋은 이유에 관한 장황한 '썰'을 저도 개발해야겠다구요. 그분은 커피 팁도 주지 않고 장시간 떠들다 가셨고, 그 이후 결코 서점에 오시지 않았지만, 그분 덕택에 책을 사면 좋은 이유에 관한 '썰'을 만들 수 있게 되었으니 이 자리를 빌려 감사를 표하고 싶어요.

책을 사면 좋은 이유, 이제부터 제 이야기 들어보실래요? 책은 소위 경험재의 성격이 매우 강합니다. 어느 정도 책 내용을 읽어본 후에야, 즉 상품을 경험한 후에야 비로소 구매 여부를 결정할 수 있는 상품이라는 뜻입니다.

우리가 책을 경험할 수 있는 대표적인 장소가 도서관과 서점이죠. 온라인 서점은 책 미리보기 서비스를 제공하고 있긴 하지만 화면으로 보는 것과 실물을 손에 쥐고 손의 감각을 통해 책을 살펴보는 것은 확실히 다른 듯합니다. 어떤 분은 책을 경험할 수 있는 최적의 장소가 도서관이라 말하기도 해요. 커피 대접을 강요했던 그 중년의 남자 분도 그런 경우라 믿고 싶어요. "도서관에서 빌려보는 것으로 충분하다"는 주장이 틀린 말은 아니에요. 예전과는 달리 도서관의 수는 많이 늘었고 접근성도 개선되었으니까요. 장서의 규모도 제법인 도서관이 꽤 많죠. 게다가 도서관 이용은 무료입니다. 입장료를 받지도 않고 책을 빌리는 데 돈을 지불할 필요도 없어요. 도서관이 무료라는 점을 생각하면 서점은 경제적인 낭비를 유발하는 불필요한 시설처럼 보일 수도 있습니다. 또한 장서 수를 비교해보면 웬만한 도서관은 아무리 큰 서점보다 책이 많습니다.

사람과 물건의 관계는 참 특이합니다. 어떤 사람이 어떤 방식으로 쓰는가에 따라 동일한 물건도 시간이 지나면 뭔가 달라집니다. 같은 동에 있는 아파트라면 아파트 구조도 동일하지요. 같은 구조의 아파트인데도 그 아파트에 사는 사람에 따라 다른 느낌을 주는 경우가 많아요. 인터넷에서 재미 삼아 '같은 옷 다른 느낌' 이런 거 검색 많이 해보잖아요. 연예인이 마침 서로 같은 옷을 입었는데 누가 입었는가에 따라 옷의 느낌이 완전히 다른 사진을 인터넷에서 쉽게 볼 수 있어요. 사물과 인간의 상호작용이 쌓이고 쌓이다보면 그 물건에 사용자의 흔적이 남습니다.

그러면서 대량생산품이었던 어떤 물건이 누구의 물건으로 변신하죠.

도서관에서 빌린 책은 공공의 것, 즉 다른 말로 하면 누군가의 것도 아닙니다. 도서관에서 빌린 책은 개인적 특성이 가미되지 않은 대량생산된 공산품입니다. 도서관에서 빌린 책은 공공의 것이기에 책에 밑줄을 긋고 혹은 무엇인가 메모를 끄적인다면 그건 용서받지 못할 반공공적 행동이지요. 절대 해서는 안 되는 행동이에요. 상식이죠. 아마 누구나 알고 있을 거예요. 그런데 도서관에서 책을 빌려보면 상당히 많은 책에 형광펜 흔적이나 밑줄 그리고 메모까지 해놓은 것을 볼 수 있어요. 그런데 왜 사람들은 이런 반상식적인 행동을 할까요?

아마도 독서라는 행위의 독특한 특성 때문인 듯합니다. 책 읽을 때 몸은 움직이지 않고 가만히 있어도, 뇌는 정말 역동적으로 움직여야 하죠. 책은 읽는 사람의 능동적인 지적 활동을 요구합니다. 독자가 능동적으로 사고하지 않으면 책은 그저 종이 위에 쓰인 텍스트 뭉치에 불과해요. 밑줄을 긋고 메모를 남기는 행동은 능동적 사고를 꾀했다는 흔적이라 할 수 있습니다.

책을 나의 것으로 만들기 위한, 책을 읽으면서 내 뇌가 역동적으로 움직였던 그 흔적을 기록하기 위한 출발점은 책 구입입니다. 책 구입은 대량생산품인 책을 오롯이 나만의 것, 세계에서 오직 한 권만 존재하는 책으로 만들기 위한 첫걸음이지요. 책을 구입해서 책의 소유권이 내게 있다면, 그 책에는 나만의 능동적 독서의 흔적을 마음껏 남겨도 됩니다.

여러분은 책을 읽을 때 어떤 도구를 챙기시나요? 전 두 가지를 꼭 챙깁니다. 하나는 독서용 안경이고, 다른 하나가 필기구입니다. 필기구 없이 책을 읽으면 불안해요. 책을 읽다가 불현듯 멋진 생각이 떠올랐는데, 그걸 기억하려면 재빨리 손에 들고 있는 필기구로 여백에 메모를 해야 하니까요. 종군기자가 카메라를 들고 전장에 나가는 것처럼, 책을 읽을 때는 반드시 필기구를 손에 쥐고 있어야 합니다. 책에 밑줄도 치고 메모도 하는 과정을 거치면 구매한 책은 나의 책이 됩니다. 내가 소유한 그 책은 대량생산된 상품이 아니라 나만의 기록과 지적 활동을 담은 물건으로 변하는 거죠.

책을 나만의 것으로 만들기 위해 제가 사용하는 방법에 대해 말씀드릴게요. 읽으면서 마음에 들거나 나중에 참고할 부분을 발견하면 저는 그 페이지에 포스트잇으로 표시를 해둡니다. 포스트잇을 세로 방향과 가로 방향으로 부착하는데요. 저만의 규칙을 부여합니다. 세로 방향은 책의 내용적 참조를 위한 기억 장치입니다. 가로 방향은 나중에 글을 쓸 때 인용할 필요가 있다고 판단되는 부분을 표시하기 위해 사용합니다. 책에 밑줄을 긋는 쾌감도 끝내주죠. 자기 책에 밑줄을 그어본 사람만 알 수 있는 쾌감입니다. 저는 두 가지 필기구를 이용합니다. 펠리칸 만년필 중에서 형광잉크용으로 개발된 만년필이 있어요. M205 듀오 하이라이터라는 모델입니다. 형광펜은 입시 공부할 때 사용하는 거라는 느낌 때문일까요? 저는 형광펜보다는 펠리칸 만년필로 밑줄 긋는 게 좋습니다. 종이에 만년필 촉이 부딪힐 때 그 사각거림도 아주 좋지요. 아무래도 잉크를 사용하는 만년필이다 보니 밑줄의 시작 부분과 중간 부분 그리고 마지막 부분에서 잉크의 농도가 달라져요. 균질하게 그어지는 형광펜보다는 훨씬 더 매력적으로 느껴집니다.

종이 재질에 따라 연필이 더 적합한 책이 있습니다. 형광펜은 광택이 있는 아트지인 경우 부적합하고, 잉크가 과도하게 번지는 종이는 만년필보다는 연필로 줄을 긋는 게 좋습니다. 제가 밑줄 긋는 데 애용하는 연필은 팔로미노의 블랙윙이에요. 사각사각 소리를 내며 모조지로 만들어진 책에 연필로 무엇인가 메모를 남길 때 행복합니다.

책은 누군가의 기억이 담긴 매체이고, 독서는 누군가의 기억을 해독하는 과정입니다. 나의 책이라면 그 해독 과정을 기억할 수 있는 보조 장치 역할을 책이라는 미디어에 부가할 수 있습니다. 책을 펼쳐보세요. 여백이 있지요? 물론 이 여백은 디자인적 요소입니다만, 기능적 역할도 합니다. 텍스트를 해독하는 동안 뇌의 능력이 활성화되었던 흔적을 남길 수 있는 곳이에요. 저는 여백을 그렇게 사용합니다.

《독서의 역사》를 읽다가 망겔이 유년 시절을 회고하면서 자기가 처음 글을 읽기 시작했던 때의 황홀함을 표현한 문장을 책에서 발견했어요. 그 문장을 읽으니 제 머릿속에서는 저도 모르게 제가 처음으로 글을 읽기 시작할 때의 그 황홀함이 떠올랐고, 그 기억을 잊지 않으려고 여백에 메모를 했습니다. 이때 메모는 빠르게 해야 해요. 굳이 또박또박 쓸 필요도 없습니다. 뇌에서 순간적으로 활성화된 기억은 쉽게 증발해버리니까 즉각적인 대응이 필요하죠. 노트북을 꺼내서 타이핑하거나 스마트폰을 집어드는 것보다 여백에 손글씨로 쓰는 게 더 효율적입니다. 그때 여백에 메모를 남겨두고, 중요한 메모가 있음을 포스트잇으로 표시해두면 나중에 글을 쓸 때 매우 유용하게 쓰입니다. 이게 모두 자기 책이니까 가능한 거지요.

책을 구입하면 좋은 이유는 또 있습니다. 좋아하는 작가가 있으신가요? 언젠가 그 작가를 만나고 싶으신가요? 좋아하는 작가에게 사인을 받아본 사람은 그 기쁨을 알 거예요. 도서관에서 아무리 그 작가의 책을 여러 번 대출했다고 해도, 대출한 책을 작가에게 내밀며 사인을 부탁할 수는 없죠. 도서관에서 빌린 책이 아니라 내 책이라면 모래가 묻는 것을 두려워하지 않고 해변에 들고 갈 수 있습니다. 커피를 쏟아도 되고 깔고 앉아도 됩니다. 전자책 단말기처럼 전기에 의존하지 않아도 되니, 지구 어디에서든 읽을 수 있습니다. 심지어 친구에게 책을 빌려줄 수도 있죠. 아니 내친김에 내가 좋아하는 책을 친구에게 선물할 수도 있습니다. 책이 나와 친구 사이의 우정을 돈독하게 해주는 도구가 될 수도 있는 것이죠. 이렇게 구매한 책은 빌린 책과는 달리 엄청난 멀티 기능을 탑재한 첨단 하이엔드 미디어에 버금가는 다용도로 사용할 수 있어요.

책을 구입해야 할 가장 결정적인 이유가 아직 남아 있습니다. 책을 사는 것은 독서의 첫걸음이자 책을 쓰는 사람을 후원하는 행위입니다. 독자가 구매하지 않는 한, 책을 쓰는 사람, 즉 작가의 호구지책은 막막해요. 오죽하면 그 잘나가는 무라카미 하루키도 《직업으로서의 소설가》에서 문학상을 받는 것도 좋고,

호의적인 서평도 작가를 기쁘게 하지만, 책을 구매해주는 독자가 작가에게는 실질적인 의미가 있다고 말했을까 싶네요. 너무나 지당한 말이에요. 작가는 이슬을 먹고 사는 존재가 아니죠. 그들도 우리처럼 집값을 걱정하고 물가 상승을 두려워하는 생활인입니다. 인세는 작가가 책으로 돈을 버는 유일한 수입의 원천인데, 책이 팔려야만 생기는 수입이에요. 작가는 보통 책 한 권 정가의 10퍼센트를 인세로 받습니다. 정가 1만 원짜리 책이 한 권 팔리면 작가는 인세로 1,000원이라는 수익을 기대할 수 있는 거죠. 도서관에 책이 들어가면 수백 명의 사람이 그 작가의 책을 볼 수 있지만 정작 작가에게 돌아가는 인세는 개인이 한 권을 샀을 경우나 도서관에 한 권 납품되었을 경우나 동일합니다. 작가 입장에서는 도서관에 책이 납품되는 것도 좋지만 그것보다 더 좋은 일은 독자가 직접 작가의 책을 구매해주는 경우입니다. 만약 당신이 좋아하는 작가가 있다면, 응원하는 가장 좋은 방법은 그 작가의 책을 사는 거예요. 작가를 확실히 응원하고 싶다면 이미 소장하고 있다고 해도 또 한 권을 사서 친구에게 선물하면 되지요. 그래봐야 친구 만나서 밥 먹고 커피 마시는 데 필요한 돈 정도면 충분하지 않나요?

책을 사야 할 또 하나의 이유가 남아 있습니다. 그 사람이

박완서와 슈테판 츠바이크, '니은서점이 사랑하는 작가' 컬렉션.

어떤 사람인지를 알려주는 지표로, 그 사람이 누구인지를 알 수 있다는 의미로 사용되는 표현들이 참 많아요. "당신이 입은 옷이 당신이 누구인지 알려준다You are what you wear"라는 표현이 있죠. 이 표현은 무궁무진하게 변형될 수 있어요. "당신이 먹는 음식이 당신이 누구인지 알려준다You are what you eat"도 가능하죠. 그런데 저는 이 변형 중에서 최고는 "당신이 읽는 책이 당신이 누구인지 알려준다You are what you read"라는 말이라고 생각합니다.

어떤 사람의 취향을 알고 싶다면 단순히 그 사람이 음악을 좋아한다는 사실을 알고 있다는 것으로는 부족하지요. 음악은 클래식부터 헤비메탈, 트로트에 이르기까지 장르의 범위가 정말 넓잖아요. 취미는 같은 음악감상이더라도 그들이 주로 듣는 음악의 장르에 따라 사람의 분위기도 달라집니다.

책도 마찬가지예요. 사람마다 특별히 좋아하는 장르가 있습니다. 문학이라도 어떤 사람은 외국 문학을 주로 읽는가 하면 한국 문학을 주로 읽는 사람도 있지요. 사회과학 책만 읽는 사람도 있고 자연과학 책만 읽는 사람도 있습니다. 음악을 좋아하는 사람의 플레이리스트를 보면 그 사람의 음악 취향을 우리가 보다 잘 알 수 있는 것처럼 한 사람이 누구인지를 알려주는 가장 좋은 방법은 그 사람의 책 컬렉션입니다. 많지 않아도 상관없죠. 소장한 책이 많다고 해서 꼭 그 사람이 누구인지를 알려주는 것은 아니에요. 단 열 권의 책이라도, 그 책이 하나의 컨텍스트를 이루면 그 사람이 누구인지를 알려줄 수 있는 최상의 컬렉션이 되죠. 그리고 그 컬렉션이 있는 곳이라면 우리는 그곳을 서재라 부를 수 있습니다. 별도의 방이 아니어도 됩니다. 넓지 않아도 좋아요. 아주 넓고 화려한 서재인데 겉보기에만 서재인 방도 많거든요. 방 한구석이든 아니면 침대 위의 작은 선반이든 당신만의 컬렉션을 만들어보는 건 어때요? 컬렉션이 만들어지면 그 순간 당신만의 서재, 그 어떤 도서관과도 비교될 수 없는 순전히 자신에게 몰두할 수 있는 자기 성찰과 공상을 위한 공간이 만들어질 거예요.

어떠신가요? 책을 사야 할 이유로 충분하지 않나요? 그 중년 남자 분은 "절대 책을 사지 않는다"고 하셨는데, 혹시라도 이 책을 도서관에서 읽게 된다면 책을 사야 할 이유를 좀 납득하실까요?

책의 물성 그리고 서점의 존재 이유에 대한 근사한 '썰'을 생각한 다음에

서점은 책을 파는 곳입니다. 즉 상점입니다. 물론 대형 서점들이 위탁판매로 책을 공급받아 전시하면서 마치 책을 도서관처럼 이용하는 고객도 많지만요. 서점은 어디까지나 책을 파는 상점이지 도서관처럼 책을 이용해도 무방한 곳은 아닙니다. 전자 미디어를 많이 사용하다보니 어떤 사람들은 종이책의 무용론을 이야기하기도 하고, 더 나아가 종이책을 파는 서점은 경쟁력이 떨어지고 문화적으로도 그 의미를 완전히 상실했다고 주장하는 분도 꽤 계시지요. 책을 파는 상점으로서 오프라인 서점은 온라인 서점과 비교해보면 경쟁력이 약한 것은 분명합니다. 경쟁력은 비록 약하지만, 그럼에도 서점이 존재해야 할 이유는 책을 사는 것이 좋은 이유만큼이나 분명하게 있거든요. 이른바 책의 물성 때문입니다.

제 책은 세 곳에 분산되어 있는데요. 학교 연구실, 집의 서재 그리고 니은서점에 일부가 공유서재로 전시되어 있습니다. 몇 권이 있는지는 정확하게 모릅니다. 세월이 흐를수록 책은 늘어가는데, 책을 수용할 공간은 책이 늘어나는 속도만큼 늘어나는 게 아니라서요. 대부분의 사람들이 그러하듯 저도 책 보관 때문에 골치가 아픕니다.

제 인생의 서점에 대해서 말씀드렸는데요. 제가 어렸을 때 읽었던 책 그리고 중고등학생 시절에 읽었던 책들을 현재 제가 갖고 있지 않는 이유는 바로 보관 문제 때문입니다. 저는 그 책들을 일부러 버리지 않았는데, 제가 유학하는 동안 부모님이 제 방을 정리한다고 낡은 책들을 처리하셨어요. 아마도 고물상에 폐지로 넘기셨겠지요? 다행히 대학생 시절 제가 보던 책들은 폐지로 처리되지 않고 무사히 살아남았습니다. 문제는 역시 보관이었죠. 학교 연구실과 집에 분산 수용했는데도 공간 문제는 해결되지 않았습니다.

그러다가 꾀를 하나 생각해냈죠. 책을 모조리 썰었습니다. 어떻게 썰었냐구요? 책등 부분을 작두로 잘라낸 거죠. 그렇게 하면 책을 구성하는 페이지가 서로 떨어져나가게 됩니다. 그렇게 책등을 잘라낸 책을 스캔해서 PDF 파일로 만들었습니다. 그렇게 수백 권을 스캔했던 것 같습니다. 레닌 전집이라든가 스탈린 전집 등이 그런 운명에 처한 책입니다. 책을 썰고 스캔을 하면서 참 여러 생각이 스쳐 지나가더군요. 대체 왜 나는 그 당시 스탈린 전집을 샀을까? 마르크스 전집까지는 충분히 이해되고, 레닌 전집도 뭐 어느 정도는 그럴 수 있다 싶었지만 스탈린 전집은 제가 생각해도 너무한 느낌이었거든요. 그렇게 수백 권의 책을 '자작 전자책'으로 만들었기에 책을 보관할 수 있는 장소를 꽤 확보했습니다.

그런데 애초의 목적과는 달리 전자 파일로 변환되어 공간 절약에 큰 기여를 한 그 책들을 저는 존재조차 망각해버렸습니다. 책이 전자화되었다는 것은 다른 말로 하자면 책의 물성이 사라졌다는 뜻입니다. 책의 물성, 이건 때로는 골칫거리가 되기도 하지만, 책이라는 미디어의 고유성을 만들어주기도 하는 것 같습니다.

책에는 표지가 있죠. 책의 얼굴과도 같은 것인데 표지를 보자마자 첫눈에 반하는 책도 있어요. 표지를 봤을 때 시각이 발동된다면, 책을 손에 쥐면 촉각이 발동됩니다. 냄새에 민감한 사람이라면 책에서만 나는 고유한 냄새에 후각을 동원합니다. 여러분도 그러신지 모르겠지만 저는 책을 읽다보면 어느새 저자의 목소리가 머릿속에서 들리는 느낌이 듭니다. 혹은 제가 눈으로 읽는 텍스트를 제 목소리로 낭독하는 게 머릿속에서 들리기도 해요. 책은 이렇게 오감과 관련이 있습니다.

망겔이 전자책과 종이책을 비교하면서 전자책에 대한 사랑이 플라토닉하다면 종이책에 대한 사랑은 에로틱하다는 비유•

• 알베르토 망겔, 이종인 옮김, 《서재를 떠나보내며》, 더난출판사, 2018, 29쪽.

를 사용했는데, 그 문구를 읽으면서 '와, 절묘한 표현이다'라고 생각했었어요. 종이책의 물성을 이것만큼 잘 표현해주는 문구를 지금까지 보지 못했거든요. 제가 종이책을 썰어서 스캔하여 만든 전자책은 제 컴퓨터 폴더명 '노명우의 전자서재' 속에 차곡차곡 저장되어 있습니다. 내용은 전혀 손상되지 않았습니다. 전자책으로 만들어서 제가 얻은 장점도 많죠. 보관이 용이한 데다, 무게가 없기에 항상 휴대할 수 있고, 인터넷만 연결되면 지구 어디에 있든 클라우드를 통해 '노명우의 전자서재'에 들어 있는 책을 열어볼 수 있거든요. 이런 기능적 장점에도 불구하고, 그 종이책이 전자책이 되면서 저는 그 책과의 친밀한 관계를 잃어버린 느낌이에요. 본래 종이책에는 그 책을 샀던 책방, 그 책을 산 후 들렀던 1980년대 대학가의 술집, 그 책을 보관했던 당시의 제 방, 그 책을 읽고 선후배와 이야기를 나누었던 대학 학생회관의 분위기, 그 책을 읽고 느꼈던 세상에 대한 분노의 기억이 담겨 있었거든요. 다른 사람은 알아채지 못해도 저만 알고 있는 그 종이책과 저와의 관계, 그 내밀한 관계가 전자책이 되면서 사라져버렸습니다.

책의 물성에는 종이책과 우리가 맺을 수 있는 내밀함이 분명 있습니다. 마치 연인이 공유하는 내밀한 비밀처럼요. 그리고

책의 물성을 담고 있는 니은서점의 서가.

연인 사이에만 보고 느끼고 만질 수 있는 속살처럼, 다른 사람은 전혀 모르는 나와 그 책 사이의 그런 관계는 책이 비물질적인 전자 파일로 존재할 때가 아니라, 만지고 냄새 맡을 수 있는 종이책일 경우에만 가능한 것이죠. 물론 책을 정보와 지식을 저장하는 기능적인 측면에만 국한해서 본다면 전자책은 종이책을 뛰어넘는 장점이 있습니다. 그런데 세상에서 완전한 것은 없는 것 같습니다.

저는 전자제품을 아주 좋아해요. 제가 책을 좋아한다고 해서 기술에 대해서 러다이트Luddite적 입장을 갖고 있을 것이라 생각하시는 분이 있을지도 모르겠는데, 저는 반기술주의자 혹은 종이책 근본주의자라기보다 얼리 어댑터에 가까워요. 이미 제가 가지고 있는 음악은 모두 리핑해서 컴퓨터 파일로 바꿔버리고 LP와 CD를 눈에 보이지 않는 곳에 치워버린 지 오래입니다. 아이패드가 한국에서 출시되기 전, 미국에 있는 아는 사람을 통해 구입해 한국에서 초창기에 썼던 몇 안 되는 사람이기도 할 거예요. 아이패드에 '노명우의 전자서재'를 다 담았지요. 그런데 아무래도 PDF 파일로 만든 자작 전자책이다보니 책 여백에 뭔가 메모를 하는 것도 불편했고, 종이책을 읽을 때와는 확연한 차이가 너무 느껴져서 혹시 디바이스 문제가 아닌가 싶었지요. 아이패드는 실내에서는 괜찮지만 예를 들어 바닷가에서는 화면의 밝기 문제 때문에 읽을 수 없거든요. 아마존의 전자책 단말기 킨들Kindle은 그런 문제가 없다고 하길래, 저도 사봤습니다. 그런데 킨들 역시 제 오래된 독서 습관을 바꿔놓을 수는 없었어요. 포스트잇을 부착하고 싶고 메모를 하고 싶어서 환장하겠더라구요. 전자책이 만능은 아니라는 생각이 들었습니다.

전자책은 종이책의 물성이 갖는 한계에 대한 대안일 수 있지만, 종이책의 물성으로 인한 장점을 대체할 수는 없는 것이죠. 그리고 사실 전자화된 텍스트 파일이 내구성이라는 점에서는 반드시 종이를 앞선다고 볼 수도 없습니다. 플로피 디스크를 처음 사용하기 시작했을 때, 플로피 디스크 한 장에 엄청난 문서가 저장될 수 있다는 것이 신기하기만 했죠. 그렇지만 문서를 플로피 디스크에 저장하기 시작하면서 예전에는 없었던 새로운 문제가 생겼습니다. 8인치 플로피 디스크에 담았던 제가 썼던 글은 어느새 디스크가 3인치 콤팩트 디스크로 바뀌면서 8인치에서 3인치로 그걸 옮기는 수고를 해야만 했습니다. 그리고 하드 디스크에 저장되었다가 디스크의 물리적 손상으로 혹은 컴퓨터를 교체할 때마다 이전 컴퓨터의 데이터를 모두 새로운 컴퓨터로 옮기는 일도 번거롭고, 그 와중에 사라져버린 전자화된 텍스트도 적지 않습니다.

제 석사논문 파일은 어디론가 사라졌어요. 박사논문 파일 역시 마찬가지입니다. 그런데 인쇄된 제 석사논문, 박사논문은 여전히 멀쩡합니다. 인쇄된 책이 사라지게 되는 경우는? 누군가 훔쳐가는 경우. 그런데 요즘 시대에 책 도둑이 있을까요? 데이터 도둑은 있어도, 책은 요즘 도심을 자극하는 대상이 아니니 공공장소에 깜박 잊고 두고 오더라도 그 어떤 매체보다 도난당할 염려가 적습니다. 불에 타는 경우. 그래봐야 데이터가 손실되는 확률, 전자책을 대여한 회사가 망해서 사라지는 확률보다 낮지요. 책이 물에 젖는 경우? 종종 일어나지만, 종이책은 물에 흠뻑 젖어도 눈물 젖은 편지처럼 읽을 수 없는 일은 생기지 않습니다. 이 물성의 힘, 참으로 대단하지 않나요?

책의 이런 물성 때문에 책을 파는 서점 역시 물성을 지닐 수밖에 없습니다. 신간 정보를 온라인 서점에서 구하기는 매우 수월해요. 워낙 많은 책이 온라인 방식으로 판매되다보니, 책이 나오면 출판사 편집자는 정말 정성스럽게 그 책에 관한 정보를 요약해서 온라인 서점에 보냅니다. 정보 전달이라는 점에서는 온라인 서점의 책 소개는 아주 뛰어납니다.

혹시라도 그런 경험이 있으신지 모르겠는데요. 온라인 서점의 책 소개에서는 별 감흥을 얻지 못했는데 우연히 오프라인 서점에서 그 책의 실물을 봤을 때 한눈에 반한 적 있으신가요? 좋아하는 화가의 그림이 표지에 있어서이든, 제목에 끌려서이든, 표지의 색에 자동 반응해서이든(저처럼 녹색에 자동 반응하는 사람이라면 표지가 녹색이어서) 어떤 책이 눈길을 끌어서 그 책을 손에 쥐었는데 그 순간 "아, 이 손에서 느껴지는 바로 이 느낌. 이 책은 사야 해!"라고 느꼈던 순간이 있으시지요? 그게 다 책의 물성이 발휘하는 마법입니다. 남들이 다 사양산업이라고 해도 오프라인 서점이 여전히 존재해야 하는 이유가 바로 이 때문이지요. 책의 물성이 이렇게 유혹적이라면 그 매력이 철철 넘쳐흐르는 종이책을 눈으로 보고 손으로 만질 수 있는 공간이 있어야 하잖아요. 그게 서점입니다.

책이 비싸다고 투덜대는 인간들에게 던지는 '반대썰'을 조지 오웰의 에세이에서 영감받아 여기에 씁니다.

상점이 있는 곳엔 불행하게도 바람직하지 않은 손님, 호의를 베풀면 그걸 권리로 착각하는 이른바 '진상'이 있습니다. 손님을 대면하는 장사를 하시는 분이라면 누구나 공감할 거예요. 진상 없는 가게는 있을 수 없다는 점을요. 서점도 가게이니까 마찬가지입니다. 물론 서점에 오시는 거의 대부분의 손님은 정말 점잖으시고 예의 바르시고 공손하시고 심지어 서점 망하지 않을까 걱정도 해주시고 격려도 해주십니다. 그렇다고 서점에 진상손님이 전혀 없다고는 할 수 없습니다.

1년에 한 번 정도는 다시는 오지 말았으면 하는 손님이 서점에 나타납니다. 어떤 날이었습니다. 니은서점에는 책을 소개하려고 제가 쓴 포스트잇이 붙어 있는 책이 많습니다. 좋은 책을 한 분이라도 더 많은 분에게 소개하고 싶은 북텐더의 마음이 담긴 글이죠. 어떤 손님이 혼잣말이지만 사실상 북텐더가 들으라고 이렇게 말씀하셨어요. "이딴 거 쓰지 말고 책값이나 더 할인해주지…" 정말 모욕적인 발언이었죠. 그런데 이렇게 비상식적인 말을 아무렇지도 않게 하는 사람 앞에서도 사교적 웃음을 잃지 않아야 하는 게 장사입니다. "아, 네…"라고 입으로는 말했지만 속으로 외쳤습니다. '너 진상이구나!'

책은 상품입니다. 정찰제로 판매합니다. 가격이 책 표지에 인쇄되어 있습니다. 정가는 전국 동일합니다. 공급률 말씀드렸죠? 공급률이 70퍼센트라면 서점 마진은 정가 판매인 경우 정확하게 30퍼센트입니다. 세상에 있는 수많은 상점 중에서 서점만큼 상품의 판매 마진을 투명하게 추정할 수 있는 곳은 없을 거예요.

인터넷에서 가장 쉽게 들을 수 있는 책에 대한 불평은 비싸다는 것입니다. 책이 비싼가요? 경제적 여유가 없는 분은 경제적 여유가 있는 분과 비교할 때 책값에 대한 주관적 느낌이 분명 다를 겁니다. 사실 책이 비싼 상품인지 아닌지에 대한 판단은 책을 바라보는 개인의 태도와 관점에 따라 달라질 수 있어요. 책을 아주 많이 사시는 니은서점의 단골손님 박미영 씨는 한번 오시면 20여 권 사 가시는데요. 계산할 때마다 이런 말씀을 하세요. "아우, 이렇게 책을 많이 사도 옷 한 벌보다 싸요."

조지 오웰을 아주 좋아합니다. 조지 오웰은 한때 서점에서 점원으로 일하기도 했었다고 하죠. 그가 쓴 에세이 중에서 〈책 대 담배〉라는 글이 있어요. 오웰은 책값이 비싸서 책을 사지 않고 독서도 하지 않는다는 세간의 주장이 타당한지 따져보려고 이 에세이를 썼다고 합니다. 책이 비싸서 책을 읽지 못한다는 말은 동서고금을 막론하고 늘 있어왔던 단골 핑계 레퍼토리였나봐요. 애연가였던 오웰은 자신이 담배를 피우기 위해 지불하는 총 비용과 책에 지출한 비용을 한번 따져보기로 했습니다.

그가 소장하고 있는 책은 900여 권이고 총 금액은 165파운드 15실링인데, 이것은 오웰이 15년간 모은 결과이니 1년 평균으로 계산하면 11파운드 1실링을 책 사는 데 지불했다는 계산이 나왔습니다. 자, 그럼 그는 담배에 얼마나 지출을 했을까요? 계산을 해보니 금액은 40파운드 정도였습니다. 맥주는 1년에 20파운드였구요. 저도 오웰처럼 계산해봤어요. 제가 한 달에 사들이는 책은 10여 권 됩니다. 어디서 사냐구요? 당연히 니은서점에서 삽니다. 언제 사냐구요? '빵 권 데이'가 예감되는 날 '빵 권 데이'를 막는 가장 좋은 방법은 제가 책을 사들이는 것이 거든요. 10여 권 사는 데 한 권 평균 가격을 15,000원이라 하면 한 달에 저는 15만 원 정도를 책 사는 데 지출하는군요. 스마트폰 사용으로는 단말기 할부금과 사용료를 합쳐 2020년 4월에 총 138,840원을 지출했습니다. 책에 쓰는 돈과 통신비로 쓰는 돈이 얼추 비슷하네요.

오웰은 담배와 비교했는데 저는 담배를 피우지 않기 때문에 다른 기호품과 비교를 해보겠습니다. 오웰의 담배에 해당되는 기호품이 제겐 커피입니다. 최소한 하루에 한 잔 카페에서 커피를 마시는데요. 카페에 따라 가격이 다르지만 제가 즐겨 마시는 아메리카노를 기준으로 하면 스타벅스 가격은 톨 사이즈 4,100원입니다. 10일이면 41,000원이구요. 한 달이면 12만 3,000원입니다. 저는 제가 책 사는 데 돈을 꽤 쓴다고 생각했는데 사실 비교해보면 생각만큼 책에 돈을 쓰지 않네요. 왜 통신회사는 나날이 흥하고 길거리에 두 집 건너 하나 카페가 생기는데 서점은 망해 없어져가는지 제 소비 지출만 분석해도 그 답이 나옵니다.

보통 우리가 어떤 물건이 비싸다 싸다를 판단하기 위해서는 가격과 함께 그 상품을 소비함으로써 창출되는 가치를 비교해봐야 합니다. 이른바 가성비 말입니다. 책이라는 상품의 가성비는 어떨까요? 오웰은 책의 가치는 책의 가격이나 길이로 정해지지 않는다고 주장했는데, 고개를 끄덕일 수밖에 없었습니다.

어떤 책은 1만 원도 안 하는데 어떤 사람에게 인생을 바꿔놓을 정도의 충격을 줄 수도 있구요, 어떤 책은 3만 원이나 하는데 읽고 나니 내용이 전혀 기억나지 않을 수도 있구요. 그렇기에 책은 가성비에 대해 일괄적으로 이렇다 저렇다 이야기할 수 없는 상품입니다. 2만 원 주고 산 책이 별로일 수 있어요. 그렇다고 우리가 '책은 역시 읽을 필요가 없는 거야'라고 결론 내릴 수 있을까요? 혹시 5만 원짜리 스테이크를 시켰는데, '이거 뭐 이래?'라면서 억지로 먹었던 기억 없으신가요? 한번 그런 경험을 했다고 해서 스테이크는 다시 먹을 음식이 아니라고 결론 내리지는 않죠. 단지 그 식당의 스테이크가 영 아니었던 거니까요.

1만 원짜리 책이 인생을 바꿔놓았다면 그 가성비를 표현할 수 있는 단어가 과연 있을까요? 이처럼 책은 어마무시한 가능성을 포함하고 있는 미디어예요. 그러니까 "책값이나 더 할인해주지"라는 그분의 발언은 폭력적이면서도 동시에 야만적이었던 거죠. 책은 상품이면서 상품 이상의 가치를 지닌 특이한 상품입니다. 그리고 가격과 달리 가치는 어떤 경우 '인생의 가치'가 될 수도 있어요.

잠시 한국어에 대해 생각해보고 싶어요. 말로 하는 한국어가 아니라 기록의 언어, 표현의 언어, 쓰기의 언어로서의 한국어는 아직도 형성 중입니다. 한글 발명의 역사와 한국어로 기록하고 표현하고 쓰는 역사는 다르지요. 한국어의 소리를 글로 표현하는 수단이 한글입니다. 한글은 15세기에 발명되었지만 생활에서 일반적으로 사용되기 시작한 것은 그리 오래되지 않지요.

기록의 언어, 표현의 언어, 쓰기의 언어로서의 한국어는 어떨까요? 한국어 자체가 매우 많이 변했습니다. 100년 전에 쓰인 글을 저도 이해할 수 없습니다. 괴테가 쓴 독일어는 현대 독일어 가능자가 이해할 수 있지요. 그런데 우리는 1919년에 쓰인 독립 선언서조차 현대 한국어를 알고 있는 사람이 이해할 수 없습니다. 조사를 제외하면 대부분의 문장이 뜻을 알 수 없는 한자어로 구성되어 있으니까요.

아이돌 그룹이 부르는 노래는 한국어로만 이루어져 있지 않죠. 제목은 거의 대부분이 영어이고, 한국어 가사는 아마 상품성을 고려해서 대부분 단문으로 이뤄진 경우가 많아요. 해외시장을 겨냥하려면 당연한 선택이라 생각해요. 영어 제목을 달면 해외 팬들이 노래 제목을 더 쉽게 기억할 수 있을 테니까요. K-팝 때문에 한국어를 배우는 외국인도 있다지만 모든 K-팝 팬이 한국어를 할 줄 아는 것은 아니니 가사에도 적절하게 영어 문장을 섞어 쓰는 것도 실용적인 관점에서는 충분히 이해될 수 있습니다. 물론 이 사례를 언급하는 것은 아이돌 그룹의 가사가 한국어를 파괴하고 있다는 주장을 하기 위해서가 아닙니다. 출판업을 구성하고 있는 각 구성원들이 보이지는 않지만 얼마나 한국어의 형성에 큰일을 하고 있는지를 강조하기 위해서이지요.

아무리 파격적인 문체로 글을 쓰는 작가가 등장했다고 하더라도, 세계 시장을 겨냥한 K-팝의 가사처럼 한국어를 구사하는 글을 출판할 수는 없습니다. 책 원고는 교정 교열이라는 과정을 거칩니다. 책은 뚝딱하고 만들어지는 것이 아니라, 작가가 원고를 출판사에 넘기면 편집자들이 그 원고를 꼼꼼하게 검토하죠. 내용적 검토뿐만 아니라 문법적 검토도 이뤄져요. 이 과정에서 한국어는 다듬어지고 자랍니다. 즉 한국어로 쓰인 책이 많이 출간되면 될수록 한국어라는 언어는 어린 언어에서 성숙한 언어로 발전하는 것이지요. 한 언어의 어휘 수는 그 언어로 얼마나 많은 책이 출간되었는지와 관련 있습니다. 괜히 영어 단어 수가 다른 언어에 비해 많은 게 아니지요. 그만큼 영어로 출간되는 책이 많기 때문입니다.

사실 처우 문제만 보면 출판계에서는 이해할 수 없는 일들이 참 많이 발생해요. 제가 보기에 직업집단별 학력을 고려하면 출판계의 편집자가 가장 고학력 직업군이 아닌가 싶습니다. 그런데 출판계는 대표적으로 임금이 높지 않은 대표적인 직군입니다. 작가들 역시 마찬가지입니다. 한국어 시장은 매우 작아요. 5,000만 명 정도가 한국어로 쓰인 텍스트를 읽을 수 있는 잠재적 독자군입니다. 절대 인구 수와 독자 인구 수는 동일하지 않지요. 독자 인구는 이론적으로는 통계상 인구보다 적을 수밖에 없구요. 그런데 잘 아시는 것처럼 통계상 인구도 한국은 앞으로 감소할 것이라 예상되는데요. 게다가 독자 인구는 더 줄어들고 있으니 설상가상인 상황이지요.

제가 앞에서 잠깐 작가가 기대할 수 있는 수익은 책 정가의 10퍼센트 정도라고 말씀드렸잖아요. 1만 원짜리 책 1만 권을 판매하면 작가는 1,000만 원을 인세로 받을 수 있습니다. "어, 1,000만 원이면 꽤 괜찮은 거 아니야?"라고 생각하실 수도 있겠지만 작가가 1년에 열 권을 출판하는 게 아니지요. 아주 자주 책을 내는 작가라 하더라도 1년에 한 권 이상을 쓴다는 것은 사실 불가능합니다. 1년에 한 권 책을 내서 1만 원짜리 책을 1만 권 팔면 1,000만 원의 수익이 생기는 셈입니다.

이런 점에서 보자면 책이라는 상품을 만들어내는 출판 산업은 이해할 수 없는 곳입니다. 산업으로서의 경쟁력만 생각해 본다면, 출판 산업은 없어져도 되는 게 맞을지도 모릅니다. 규모도 크지 않은데, 책을 사는 사람이 점점 줄어들고 있는 사양산업이죠. 보수도 박하고 노동 조건도 좋다고 할 수 없는데도 묵묵히 책을 만들어내는 편집자, 책의 물성을 더 매력적으로 보이기 위해 힘쓰는 디자이너, 책을 독자와 이어주고 싶어서 최선을 다하는 마케터, 그리고 아무리 베스트셀러가 된다고 하더라도 팔자를 고칠 정도의 경제적 이익을 기대할 수 없음에도 불구하고 글을 쓰는 작가로 구성되어 있는 이 독특한 산업은 사실 경제적 효과 때문에 유지되는 산업이 아니라, 경제적 효과로 환원될 수 없는 문화적 의미를 지니는 산업입니다.

출판 산업이 없다면, 출판 산업을 구성하는 각 행위자들의 헌신이 없다면 한국어는 앞으로 어떻게 될까요? 실용적인 측면에서만 보자면 한국어가 사라져도 큰 문제가 아닐 수도 있어요. 일부 극단적인 주장처럼 영어를 공용어로 채택하면 경제적 편이성에서는 더 나은 선택일 수도 있지요. 그럼에도 우리가 영어 공용어 주장에 찬동하지 못하는 이유는 분명하잖아요. 그렇게 되면 윤동주 시의 아름다움, 박완서 소설의 조근조근한 말투, 김서령 산문의 맛깔스러움도 사라질 테니까요. 여러분이 한국어로 된 한국 작가가 쓴 책을 구입하신다면, 아직은 어린 언어인 한국어가 성장하도록 돕는 일입니다.

책을 읽어야 나타나는 '티'로 설득해서 책 구매로 유인했고,

죄송하지만, 니은서점의 '진상손님 1' 중년 남성 분을 다시 언급해야겠습니다. 사실 그분은 서점에 들어오실 때부터 약간의 티가 났습니다. 어떤 '티'냐구요? '책 안 읽은 티' 말입니다. 서점에서 여러 종류의 사람을 겪다보니까 점점 사람의 행동거지만 보고도 어떤 사람인지 추정하는 능력이 늘어갑니다. 대화를 해보면 책을 많이 읽은 사람의 어투와 사용하는 단어 그리고 표현법은 책을 읽지 않는 사람과 확연히 차이가 나거든요. 그분은 그런 의미에서 책 읽은 '티'가 전혀 나지 않는 분이셨어요.

책을 읽다보면 분명 지겨워지는 때가 있습니다. 저도 그래요. 어떤 때는 책이 징글징글하고 책 읽으면 뭐 하나, 이런 회의에 빠질 때도 있어요. 왜냐하면 책을 많이 읽는다고 책 읽은 흔적이 물리적으로 확연하게 나타나지는 않거든요. 웨이트 트레이닝을 꾸준히 오랫동안 했다면, 그 효과가 몸에 근육량으로 새겨질 수밖에 없습니다. 그런데 힘들게 책을 읽으면 어디에든 그 흔적이 남는 걸까요?

책 읽기는 능동적인 지적 훈련입니다. 책을 많이 읽으면서 남들은 하지 않았던 능동적인 두뇌 사용법을 익힌 사람은 그 '티'가 납니다. 어디서 나냐구요? 저는 그 사람의 입에서 나오는 단어의 고상함과 정확함 그리고 어휘의 풍부함에서 그 '티'를 발견하곤 합니다. 그보다 더 정확한 흔적은 그 사람이 쓴 글에 나타나죠. 저는 좋은 글은 예쁜 글과는 다르다고 생각해요. 예쁜 글, 이른바 미문을 추구하는 사람도 있다지만 저는 예쁜 글보다는 진실을 표현한 글을 더 좋아합니다.

저는 글쓰기를 알려주는 책을 믿지 않는 편이에요. 일단 제가 한 번도 글쓰기를 체계적으로 배우지 않았던 사람이기도 하구요. 물론 학위논문을 쓸 때 문서작성법은 익혔지만 폭넓은 의미의 글쓰기를 배운 적은 없습니다. 흔히들 글쓰기 실력을 늘리기 위해서 권하곤 하는 이른바 필사라는 것도 해본 적이 없습니다. 그리고 필사를 다른 사람에게 권하지도 않습니다. 제 글쓰기 최고의 교과서는 제가 읽은 책이에요. 책을 읽으면, 읽어내기 위해서 그리고 해석해내기 위해서 제가 가지고 있는 지적 역량을 총동원해야 합니다.

흘러가는 말은 타고난 말솜씨가 중요하기도 합니다. 구수하게 이야기 잘하는, 완급을 조절하면서 웃겼다 울렸다. 그야말로 듣는 사람을 쥐고 흔드는 입심을 갖고 있는 사람이 있지요. 입심이 좋은 사람이 좋은 글을 쓸 수 있을까요? 아뇨, 전 그건 별개의 능력이라고 생각해요. 입심은 타고난 재능일 수 있지만, 글쓰기는 타고난 재능이 아니라 그 사람이 책을 얼마나 많이 읽었는지,

즉 글을 이해하는 훈련에 얼마나 오랜 시간을 투여했는지에 따라 좌우되거든요. 말과 글은 그 성격이 많이 다릅니다.

말은 반복이 있어도 그리 이상하게 들리지 않아요. 듣는 사람은 그저 강조라고 이해하지요. 말은 글만큼 논리적이지 않아도 됩니다. 하지만 글은 한 문장에서 같은 단어가 반복되면 뭔가 읽을 때 이상하지요. 글은 횡설수설을 용납하지 않습니다. 하나의 문장은 문장 내부에서 완벽한 체계를 갖추어야 합니다. 주어와 술어, 주어와 목적어의 관계는 정확해야 합니다. 만약 문법적 적합성이 없으면 문장으로서의 조건을 갖추지 못한 문장, 이른바 비문이 되지요. 또 문장의 순서를 바꿔도 상관이 없다면 그건 문장과 문장이 논리적 정합성에 의해 연결되어 있지 않다는 뜻입니다. 가장 좋은 문장은 절대 문장의 순서를 바꿀 수 없을 정도로 정교하게 짜여 있는 문장이에요. 단 하나의 음도 필요하지 않은 음이 없다는 베토벤의 음악처럼 문장에서 불필요한 단어를 찾으려고 해도 찾을 수 없고 각 단어가 가장 정확한 위치에 놓여 있을 때 문장은 논리적이 되고, 논리적이기 때문에 이해 가능하고 심지어 설득력까지 획득하게 되거든요.

글을 쓸 때 절대적으로 요구되는 이 능력은 남이 쓴 좋은 문장을 필사하면서 반복한다고 익혀지는 게 아닙니다. 필사만 반복하는 사람은 자기도 모르게 나중에 글을 쓸 때 머릿속에 입력되어 있는 어떤 문장을 따라 쓰게 됩니다. 신경숙 작가의 "기쁨을 아는 몸" 표절 스캔들을 생각해보세요. 자신이 쓴 문장이라고 생각하지만 사실 누군가의 문장, 필사를 하면서 외웠던 문장을 자신의 문장이라고 착각하게 되는 거죠. 이런 착각에 기반하여 쓴 글은 문장 하나만 놓고 보면 큰 문제가 없어 보이지만, 이런 방식으로 조합된 문장들로 구성된 글에서는 글을 쓴 사람의 흔적이 느껴지지 않는 경우가 많아요.

필사로만 글 쓰는 법을 배우면 심각한 경우 글쓰기를 아예 망치기도 합니다. 인용으로 점철되거나, 혹은 남의 글을 인용하지 않으면 글을 아예 쓰지 못할 위험이 매우 높아집니다. 박사학위를 받은 사람들이 읽은 책을 주로 써먹는 방법은 논문 쓰기인데, 논문은 상당 부분 다른 책의 인용과 인용된 책의 주석으로 구성되어 있죠. 그러다보니 이런 글의 문체는 속칭 '박사체'가 되고 이보다 더 나빠지면 '교수체'로 추락하기도 합니다.

기교가 넘치는 글은 감동을 주기 쉽지 않죠. 그렇다면 독자의 감동을 이끌어내는 깊이 있는 글은 어떤 훈련을 받아야 쓸 수 있을까요? 저는 그 유일한 방법이 깊게 읽기에 있다고 봅니다. 자주 인용되는 유명한 헤밍웨이의 여섯 단어 초단편 소설을 예로 들어보겠습니다. 작가 친구들과 내기를 하다가 만들어진 초단편 소설입니다. 여섯 단어입니다. 아니 아무리 단편이지만 여섯 단어로 소설이 만들어질 수 있냐구요? 그 내기에 참가한 헤밍웨이는 이렇게 썼습니다. "For Sale: Baby Shoes, Never Worn(팝니다: 아기 신발, 사용하지 않았습니다)." 쓰인 것은 이렇게 여섯 단어에 불과하지만 이것을 읽는 사람이 역동적인 두뇌 활동을 한다면, 여섯 단어를 외부에서 머리에 기계적으로 입력되는 정보로 간주하지 않고 두뇌 활동을 위한 자극으로 받아들인다면 어떻게 될까요? 여섯 단어로 이루어진 이 초단편은 우리의 머릿속에서 대하소설만큼 긴 이야기로 증폭될 수 있습니다. 왜 그럴까요?

우리가 이 짧은 문장을 이해하기 위해서는 이 문장이 만들어진 전후를 추론해야 합니다. 이 문장이 쓰여 있는 장소를 생각해봅니다. 이 문장은 아파트 엘리베이터에 붙어 있을 수도 있고 신문 광고일 수도 있습니다. 이 동일한 문구가 어떤 공간에 배치되어 있는지에 따라 느낌이 아주 달라질 것입니다. 그리고 시간에 대한 상상도 일어나지요. 즉 이 여섯 단어가 쓰이기 전에 대체 어떤 일이 일어났기에 누가 이런 문장을 쓸 수밖에 없을까 하는 과거에 대한 상상입니다. 희극도 가능하고 비극도 가능합니다. 희극 버전으로 상상해본다면 아이가 귀한 집에 아이가 태어났고, 그 기쁨을 아는 주변 사람들이 축하하려고 많은 선물을 보냈습니다. 그런데 도저히 아이가 다 신을 수 없을 만큼 신발 선물을 너무 많이 받아서 할 수 없이 그 일부를 되팔아 아이의 다른 용품을 사려고 쓴 문장일 수도 있습니다. 비극 버전도 있을 수 있죠. 아이가 태어나기를 기다리며 부부는 아이 용품을 하나씩 사 모았습니다. 그러나 부부는 아이를 유산하고 말았어요. 집에 모아둔 물건들이 자꾸 그 슬픔을 연상시킵니다. 그래서 그 부부는 그것들을 팔기로 하고 이 문장을 썼을 수 있습니다. 책 읽기란 이런 연상과 추론을 동반한 지적 활동입니다.

그뿐만이 아닙니다. 책을 읽으면서 우리는 앞에 있었던 내용을 기억하고 있어야 현재 읽고 있는 부분과 연결시킬 수 있기 때문에 자연스레 기억력 훈련도 하게 됩니다. 이렇듯 책 읽기는 가장 정적인 활동처럼 보이지만 인간이 할 수 있는 가장 역동적인 활동입니다. 책 읽은 시간이 많았다는 것은 그 사람이 그만큼 역동적인 두뇌 활동에 시간을 투자했다는 뜻이 됩니다. 그 투자의 결과는 땅으로 꺼져 사라지지 않습니다. 그 결과는 책 읽은 사람의 몸에 스며들지요. 책 읽는 사람의 몸으로 스며든 '책 읽은 티'는 그 사람이 사용하는 단어의 정확성으로, 배려 있는 말투로, 설득력 있는 어조로, 쓴 글의 논리성으로, 기교를 부리지 않았지만 읽는 사람에게 감정이 전달되는 전파력으로 '티'가 나지요.

물론 책을 속물적으로 활용하는 수도 있어요. SNS에 허세용 사진의 소품으로 책을 써먹기도 하잖아요. 그런데 저는 책의 최고의 쓰임새는 무용도, 특별한 목적 없이 책을 읽는 경우라고 봅니다. 잘난 척을 하려고 읽은 게 아니라 책이 그저 좋아서 읽었기에 나타나는 아주 자연스러운 '책 읽은 티', 그거 말입니다. 걱정하지 마세요. 교양 있어 보이려는 목적 때문에 책을 읽지 않아도 마음을 비워두고 책과 오롯이 마주하는 시간을 가졌던 사람은 책 읽은 흔적이 절대 사라지지 않아요. 숨길 수 없는 것은 방귀 냄새만은 아니겠지요. '책 읽은 티'도 숨길 수 없습니다. 책 읽은 사람은 '티'가 납니다. 그것도 아주 많이.

책을 고르는 법(익명의 독서중독자들에게 바치는 헌사)도 궁리했어요.

자신만의 책 고르는 기준이 있는 손님은 서점에 들어오셔서 거침없습니다. 이런 분은 굳이 북텐더가 돕지 않아도 책을 고르시거든요. 북텐더가 감히 "이런 책이 나왔는데요…"라면서 말을 건다면 그것은 그분 고유의 세계를 허락도 구하지 않고 침범하는 결례가 될 수 있습니다. 서점에 손님이 들어오시면 이제 손님의 제스처나 발걸음을 통해 얼추 어떤 손님이신지 예측이 되기도 하더라구요. 자신만의 기준이 분명한 분이라는 판단이 들면 북텐더는 손님을 방해하지 않기 위해 일부러 딴짓을 합니다. 서점이 작다보니 늘 북텐더가 앉아 있는 책상과 손님 사이의 거리는 그다지 멀지 않거든요. 자신만의 기준에 따라 책을 고르는 분이 있으면 슬쩍 자리를 피해주려고 괜히 커피 잔을 씻거나 쓰레기 정리를 하면서 손님이 최대한 혼자만의 시간을 가질 수 있도록 배려합니다.

어떤 분들은 북텐더에게 책 추천을 부탁하기도 합니다. 사실 책 추천을 부탁받으면 마음이 기쁩니다. 왜냐하면 그분이야말로 북텐더의 존재 이유를 증명해주시는 분이니까요. 저희 단골손님 중에서 "제가 요즘에 시간에 관한 글을 쓰고 있는데요…" 라고 말씀하신 분이 계셨는데, 그런 경우 제가 읽었던 책 중에서 그 주제와 어울리는 책을 떠올리기란 그다지 어렵지 않습니다.

제가 전혀 모르는 주제가 아니라면요. 또 이런 분도 계셨어요. "라캉에 관한 입문서 중에서 제일 좋은 게 뭐가 있을까요?" 이 질문을 듣자마자 제가 "라캉이 쉬울 리가 있겠습니까만…"이라고 답했고 그분도 따라 웃었습니다. 제가 라캉은 잘 모릅니다. 그래서 그분에게 이렇게 말했죠. "라캉 잘 아시는 분에게 추천받아볼게요." 그러고 나서 주변에 수소문해서 추천받은 책을 그분에게 다시 추천했습니다.

책 추천과 관련해서 제일 힘들었던 경우는 이랬어요. 손님 한 분이 군대 간 조카에게 선물을 하고 싶어하셨거든요. 군대라는 환경이 아무래도 두께가 있는 책을 차분히 읽을 분위기는 아니니까, 일단 책의 두께나 난이도 면에서 추천할 책을 좁혀봤지요. 그다음에는 책 읽을 사람의 관심사가 매우 중요하기 때문에 혹시 어떤 분야에 관심이 있는지 여쭤봤더니, 대학에서 인류학을 공부하다가 군대에 갔다고 했습니다. 갑자기 책 추천에 자신감이 솟아올랐습니다. 인류학과 사회학은 인접 학문이니까요. 그런데 그 솟아오른 자신감은 바로 그다음 말에 의해 사라지고 말았습니다. "그런데 조카가 인류학을 안 좋아해요."

제가 아주 좋아하는《익명의 독서 중독자들》이라는 만화가 있습니다. 아주 개성 강한 '헤비 리더heavy reader'가 주인공인 만화입니다. 만화에 등장하는 독서중독자들은 워낙 책을 많이 읽는 사람들이다보니, 책을 고르는 데 아주 뚜렷한 자신만의 기준을 갖고 있어요. 이들은 공통적으로 베스트셀러를 읽지 않습니다.

베스트셀러는 그 시대의 분위기를 반영해주는 책입니다. 만약 시대적 트렌드를 잘 알아야 하는 사람이라면 베스트셀러 따라 읽기가 필요하다고 생각해요. 새로운 상품 기획을 하거나 마케팅을 한다든가 아니면 정치 컨설팅을 한다든가 아니면 유행을 선도하는 트렌드세터trend-setter가 되고 싶다든가 하는 분들은 시대의 변화를 잘 알아야 하죠. 그런데 그런 실용적 목적이 있는 사람이 아니라면 꼭 베스트셀러를 읽어야 할 필요는 없거든요. 자신만의 세계 구축이 더 필요한 사람에게 유행은 고려 사항이 아닐 거예요.

이른바 옷 잘 입는 사람들의 비법을 또 한번 참고해볼까요? 베스트 드레서와 트렌드세터는 좀 다르죠. 베스트 드레서는 어떤 옷이든 자기만의 스타일을 갖고 있는 사람인데요. 이들에게 옷 잘 입는 비법을 물어보면 공통적으로 하는 대답이 있어요. 많이 입어봐야 하고, 실패를 해봐야 한다는 거죠. 베스트 드레서가 처음부터 옷을 잘 입었던 건 아니라고 합니다. 이들도 한때는 유행따라 옷을 입었던 시절이 있었다고 합니다. 어떤 옷이 자기와 어울리는지 잘 모르니까 점원의 권유에 휘둘리기도 하고 유행 따라 안전한 선택을 하기도 하면서 여러 번의 실패 끝에 자신과 가장 잘 어울리는 옷을 골라내는 안목이 생겼고, 그 이후로 그 안목에 따라 옷을 고르다보니 어느새 주변에서 '옷 잘 입는다'는 평을 얻게 되었다고 이들은 이구동성으로 말합니다.

책 역시 마찬가지예요. 모든 책이 좋지는 않아요. 그리고 다른 사람의 추천이 반드시 도움이 되는 것도 아니에요. 평론가의 평도 절대적이지 않습니다. 자꾸 책을 읽으면서 자기 취향을 깨닫게 된다면 자기 스스로 책을 고를 수 있는 능력이 생길 거예요.

서점 문을 열고 난 이후로 서점이 무대가 되는 책을 참 많이 읽었어요. 그중의 하나가 《섬에 있는 서점》이라는 책이에요. 그 책에 이런 구절이 등장합니다.

> 책이 저마다 다른 건… 그냥 다르기 때문이야. 우리는 많은 책을 들여다보아야 한다. 우리는 믿어야 한다. 때로 실망할 수 있음을 인정해야 이따끔 환호할 수도 있다.●

● 개브리얼 제빈, 엄일녀 옮김, 《섬에 있는 서점》, 문학동네, 287쪽.

모든 독서가 만족스럽지는 않죠. 읽으면서 화가 나서 중간에 내던지는 책도 있구요, 다른 사람이 극찬을 해서 읽었는데 읽다보니 영 아니다 싶은 책도 있어요. 이 과정을 겪은 후에 우리는 나만의 책을 만나게 됩니다. 별다른 기대 없이 집어들었는데 자신의 삶을 뒤흔드는 책을 만날 수도 있다는 거죠. 그 순간 우리는 독서계의 '베스트 드레서'가 되는 셈입니다.

실패 없이 성공에 바로 도달하려 하기에 사람들은 이른바 필독서 리스트에 영향을 받기도 하는데요. 자신을 믿지 못하는 거죠. 이건 '읽는 사람'의 자세가 아닙니다. '읽는 사람'은 자신을 믿습니다. 지금까지는 제가 다소 조심스럽게 말씀드렸지만, 제 경험에 기반해서 좋은 '읽는 사람'이 되기 위해서 반드시 하지 말아야 할 한 가지는 단호하게 말씀드리고 싶어요.

절대 '○○대학교 추천 도서 100' 따위의 추천 리스트를 참조하지 말라는 것입니다. 인터넷을 검색해보면 정말 많은 대학이 추천 리스트를 제시하고 있어요. '서울대학교 추천 도서 100' 리스트를 보겠습니다. 일단 제가 그 리스트 중에서 몇 권이나 읽었는지를 체크해봤습니다. 그래도 명색이 제가 사회학자이고 대학교수이고 책도 꽤 쓴 사람이라 저는 그래도 평균 이상의 독서가일 테니까요. 그런데 그중 제가 읽은 책은 겨우 10여 권 정도에 불과합니다. 그렇다면 저는 그 리스트에 있는 책을 마저 다 읽어야겠다는 생각이 들었을까요?

전혀 아닙니다. 아무런 맥락 없이, 사전 지식 없이 호메로스의 《오디세이아》가 추천 리스트에 있다고, 그래서 좀 교양 있는 사람이 되겠다고 읽기를 시도하면 어떤 일이 생길까요? 그 사람은 며칠 후 책을 내던지고 머릿속으로 역시 독서와 나는 맞지 않다고 섣불리 결론 내릴 가능성이 《오디세이아》를 다 읽을 가능성보다 훨씬 더 높습니다. 우리는 이 추천 리스트 때문에 책에서 멀어졌을지도 몰라요.

필독서 100권을 만약 한 명이 추천했다면 그래도 나쁘지 않습니다. 그 한 명이 나의 취향과 맞아 떨어진다면 충분히 참고할 만하지요. 그런데요, 만약 추천 도서 리스트가 100권의 책으로 이루어져 있는데 100명이 추천한 경우라면요? 게다가 그 분야가 자연과학부터 사회과학, 역사학, 예술 분야에 이르기까지 방대하다면요?

베스트 드레서는 단골집이 있다고 해요. 그 단골집은 일종의 편집숍이지요. 자신의 취향과 주인의 취향이 딱 맞아떨어지는 편집숍을 알아두고 그 집에서 옷을 사면 실패할 확률은 정말 낮습니다. 서점은 일종의 편집숍입니다. 서점에 전시되어 있는 책은 세상의 모든 책이 아니에요. 세상의 모든 책은 국회도서관 같은 데 있죠. 니은서점도 편집숍입니다. 니은서점은 북텐더의 취향이 반영되어 있는 가게니까요.

제가 사회학을 전공한 학자이지만 그렇다고 해서 모든 사회학자의 책을 읽지는 않아요. 저는 더 이상 사회학 이론 시험을 봐야 하는 학생이 아니니까요. 저는 제가 추구하는 사회학과 연관되어 있는 사회학자의 책을 읽습니다. 제 취향의 책만을 읽기에도 세상에 책은 많고 인생은 짧잖아요.

니은서점에 오셨는데, '어랏, 여기 내 취향이네' 라는 생각이 드셨다면 여러분은 니은서점의 친구가 될 가능성이 매우 높습니다. 베스트 드레서에게 잘 어울리는 편집숍이 반드시 필요한 것처럼 우리가 독서계의 베스트 드레서가 되려면 좋은 편집 서점이 도움이 될 거예요. 니은서점이 여러분에게 그런 서점이면 참 좋겠습니다.

#4 망하지 않고 버티니 이런 사람들이 서점에 모이기 시작했습니다

파레토의 법칙을 따르는 아주 특별한 당신, 단골손님.

치명적인 '빵 권 데이'의 고비를 수차례 넘기면서 망하지 않았더니 서점을 오가는 사람도 아주 조금씩이지만 늘어나기 시작했습니다. 아무도 책을 읽지 않는 것 같은 시대, 지하철에서 책을 읽는 사람과 마주치면 뭔가 특이하다고 느껴지는 시대, 버스 안에서 사람들이 휴대폰으로 유튜브를 보고 있는 시대, TV를 틀면 학원 강사 출신 방송인이 책을 요약해서 과장되게 들려주는 시대. 그런 시대에 책을 사러 서점에 오는 이들이 대체 어떤 사람들인지 정말 궁금하지 않으신가요? 저도 정말 궁금했습니다. 이 시대에 여전히 책을 읽고 여전히 책을 사는 사람이 누구인지. 이제 여러분에게 니은서점을 무대로 삼는 사람들을 소개해드릴까 합니다.

아, 본격적으로 니은서점의 사람들에 대해 이야기하기 전에 제가 새삼 현장에서 확인한 '파레토의 법칙'을 먼저 말씀드리고 싶어요. 파레토의 법칙이란 잘 아시는 것처럼 어떤 일의 결과는 전체를 구성하는 20퍼센트에 불과한 원인에서 발생한다는 법칙이에요. 손님이 너무 없어서 '빵 권 데이'를 기록하는 위험에 처해 있던 어느 날 창밖을 내다보다 갑자기 이 파레토의 법칙이 생각났어요. 한 예로 '서점 앞을 지나가는 사람이 100명이라고 할 때, 그 100명 중 20명이 서점에 들어온다'는 것은 사실 판단이 아니라 절망에서 솟아난 저의 아주 주관적인 희망에 불과합니다. 백일몽 같은 것이었죠. 100명이 지나가는데, 그중 20명이 서점 안으로 들어온다면 얼마나 행복할까? 실제로는 20퍼센트가 아니라 2퍼센트에 가깝지만, 냉정하게 2퍼센트라고 말하면 너무 절망스러우니 희망을 더해서 20퍼센트라고 표현합니다. 파레토의 법칙에 대한 몽상은 '빵 권 데이'에는 더욱 커집니다.

1년 중 책을 한 권이라도 사본 경험이 있는 사람이 전체 인구에서 80퍼센트가 되면 더할 나위 없이 기쁘겠지만, 후하게 계산해도 그런 사람은 많아봐야 20퍼센트를 넘지 못할 거예요. 책을 단 한 권이라도 산 적이 있는 전체 인구 중 20퍼센트에 해당하는 사람만 따로 분석해보면, 이들은 다시 파레토의 법칙에 따라 분화될 것입니다. 책을 매우 많이 구매하는 20퍼센트와 책을 적당히 구입하는 80퍼센트로(이 모든 수치는 또다시 강조하지만 과학적 근거 없이 오로지 감에 근거해, 파레토의 법칙을 '야매'로 적용한 것이기에 이 수치를 그대로 믿고 인용하시면 안 됩니다!).

책을 사러 서점에 들렀던 20퍼센트에 속한 당신이라는 사람, 서점을 방문한 사람 중에서 책을 구입한 20퍼센트에 속한 당신이라는 사람, 책을 구입한 사람 중에서도 통신비보다 더 많은 돈을 책 구입에 지출한 20퍼센트에 속한 당신이라는 사람, 그 사람들이 모여 구성된 '우리'는 특별한 사람이라는 의미에서 '마니아'입니다. 두 집 건너 한 집이 카페인 대한민국에서 마니아 업종인 서점을 운영하는 사람과, 독자이자 서점 방문객이자 책을 구매하는 마니아는 길거리에서 마주쳐도 서로를 알아봅니다. 우리는 특별하니까요.

서점 건너편 핫도그 가게처럼 빠른 속도는 아니지만, 니은서점에도 차츰차츰 단골손님이 생겼어요. 2018년 9월 서점 오픈 이래 지난 반년 동안 서점에 단 한 번 온 손님은 그냥 손님, 두 번 이상 방문한 손님을 단골손님으로 분류합니다. 물론 어디까지나 주관적인 판단일 뿐입니다. 어느 봄날, 짙은 미세먼지 탓에 거리를 오가는 사람도 줄어든 것 같던 그날, 그래도 북적이는 핫도그 가게를 내다보며 단골손님의 얼굴을 한 명씩 떠올려봤습니다.

니은서점의 단골손님을 분류해보자면, 첫번째로 멀리서 오시는 손님과 동네손님으로 나누어볼 수 있습니다. 서점에서 가장 먼 거리에 사시는 단골손님은 전남 목포 분이었는데, 제주도 애월에서 오신 분에 의해 이 기록이 깨졌습니다. 이젠 서귀포에서 오실 손님을 기다립니다. 한반도에 국한하지 않고 지구로 범위를 넓히면, 가장 먼 곳에서 오시는 단골손님은 런던에 살고 있습니다. 이 손님은 서울에 자주 오시는데 런던으로 돌아가기 전 빈 배낭을 메고 나타나세요. 그리고 책을 '한 배낭' 사십니다. 오실 때는 빈 배낭, 하지만 가실 때는 꽉 찬 배낭의 주인공이 혹시 작가나 연구자가 아닐까 예상하실 수도 있을 텐데요. 이분은 소프라노 가수예요. 주넬 권Junelle Kwon이라는 이름을 유튜브에서 검색해보시면 니은서점 단골손님의 노래를 들으실 수 있습니다.

서점에서 가장 가까운 곳에 사시는 단골손님은 뒷집 할머니입니다. 따님과 함께 오셨다가 단골이 되셨고, 이제는 작가 초청 하이엔드 북토크에도 어쩌다 오시는 분이세요. 이 할머니는 니은서점 최단거리 거주 단골손님이자 최고령 단골손님이라는 두 개의 타이틀을 보유하고 계십니다. 그전 최단거리 거주 단골손님 타이틀은 서점에서 30미터 거리에 있는 옷가게 주인 아주머니 차지였는데, 뒷집 할머니에게 타이틀을 안타깝게 빼앗기셨어요. 그래도 옷집 아주머니는 여전히 타이틀을 간직하고 계시는데요. 바로 '주문 책 최단시간 수령'이라는 타이틀입니다. 자주 책 주문을 하시는데 주문하신 책이 도착했다고 문자로 알려드리

동네 주민이자 단골손님이자 니은서점에서 하이엔드 북토크를 두 번이나 진행했던 장혜령 작가와 기념사진을 찍었습니다. 니은서점에 오시면 니은서점과 함께한 다양한 작가 분의 기념사진을 볼 수 있습니다.

면 통상 10분을 넘기지 않고 책방에 들러 찾아가십니다. 짜장면 배달보다 빠른 속도죠.

니은서점에는 책을 열심히 읽는 독자 단골손님도 있고 책을 열심히 쓰는 저자 단골손님도 있습니다. 서점의 입장에서 작가가 단골손님이 되면 그야말로 영광입니다. 《음악 이전의 책》 《풀밭 위의 돼지》 등을 발표한 소설가 김태용 씨, 《여행의 사고》

《광장이 되는 시간》으로 유명한 사회학자 윤여일 씨, 2018년 경향신문 신춘문예 당선 작가 지혜 씨, 2018년 한겨레 문학상을 수상한 《체공녀 강주룡》의 소설가 박서련 씨, 《내가 싸우듯이》 《농담을 싫어하는 사람들》의 소설가 정지돈 씨, 《한국, 남자》의 사회학자 최태섭 씨, 《18세상》의 사회학자 김성윤 씨는 두 번 이상 이런저런 이유로 니은서점에 오셨으니 니은서점은 일방적으로 그분들을 서점의 단골손님으로 모시는 영광을 차지하고 싶습니다.

동네 주민이자 단골손님인 분이 책을 출간하면 그야말로 서점의 경사입니다. 독자 단골손님이었던 정현정 작가는 《혼자 살기 시작했습니다》를 출간했는데, 그 책의 223쪽에 니은서점 에피소드도 등장합니다. 벽돌 책도 마다하지 않고 책 다량 구매하기로는 남에 뒤지지 않는 오희진 씨는 《어쩌면 이상한 몸》에 필자로 참여했고, 문학동네 신인상 수상 작가인 장혜령 씨는 《사랑의 단상》에 이어 《진주》까지 출간하셨습니다.

단골손님으로 분류된다고 얻을 수 있는 특전은 없습니다. 단 한 가지 '커피를 팔지 않고 오로지 책만 파는 서점'인 니은서점은 단골손님이 원하시면 머신이 아니라 케멕스로 직접 내린 커피를 장식장에 소중히 보관하고 있는 앤티크 잔에 담아 대접

합니다. 온라인 서점처럼 5퍼센트 적립금은 드리지 못하지만, 정성은 드릴 수 있거든요.

‘핸드 인 핸드’의 정신으로 읽기: 책 읽어주는 여자 그리고 어쩌다 남자.

서점의 창업 정신은 다소 고상해도 괜찮아요. 아니 창업 정신은 고상해야 할 필요가 있지요. 서점을 통해 이룩하고 싶은 가치는 탈물질적이어도 괜찮습니다. 하지만 서점으로 떼돈을 벌지는 못한다고 하더라도, 최소한 살아남기는 해야 합니다. 그런데 단골손님이 늘어난다고 해도 그 속도는 달팽이 걸음인데, 매달 임대료를 내야 하는 날은 초고속으로 달려옵니다. 임대료 겨우 냈다 싶으면 전기 요금 통지서가 날라오고, 그다음은 인터넷 요금 통지서가 도착합니다.

이 속도의 차이 때문에 사실 독립 서점은 속사정 모르는 남들은 멋있다고 생각할 수도 있는 이 '독립'의 대가를 혹독히 치러야 합니다. 그러다보면 유혹이 생기기도 해요. 전문 서점이고 뭐고 다 팽개치고 잘 팔리는 책 위주로 팔면 좀더 임대료를 내기 수월하지 않을까? '참고서 판매합니다'라고 창에 써붙이면 손님이 좀더 늘려나? 그런 고민을 하고 있던 차에 동네 분이 오셔서 "우리 동네에 이런 서점이 생겨서 너무 기뻐요"라고 말씀해주시면, 다시 애초의 독립 정신으로 되돌아가게 됩니다. 그래요 본래 독립, '인디'의 정신이 '버티기' 아니겠어요?

앞서 비유한 것처럼, 독립 서점은 대형 자본인 체인 서점 그리고 당일 무료 배송까지 가능한 온라인 서점이라는 골리앗과 싸우는 다비드의 처지입니다. 골리앗을 쓰러트린 다비드의 짱돌이 필요합니다. 그 짱돌을 고민합니다. '버티기'의 강력한 무기가 될 수 있는 그 짱돌을 찾아봅니다.

거울을 들어 저를 비춰봤어요. 그리고 지난 세월을 돌이켜봤죠. 아, 분명 저 역시 예전만큼은 책을 읽지 않음을 새삼 깨달았습니다. 왜 그렇게 되었을까요? 제가 어렸을 때는 인터넷이 없었죠. 그런데 제가 20대에 접어들 무렵 인터넷이 생겼고, 급기야 스마트폰이 등장하면서 제 삶도 아주 변했어요. 남들만 그런 게 아니라, 저조차도 지하철에서 책을 읽는 시간보다 스마트폰 들여다보는 시간이 더 길어요. 예전에는 장시간 여행을 하게 되면 비행기를 타기 전에 반드시 책을 챙겼는데, 요즘은 비행기에서 볼 넷플릭스 동영상을 미리 다운 받는 것으로 여행 준비가 바뀌었죠. 책을 읽겠다고 책상에 앉았는데, 불과 몇십 분 후 내가 왜 책상에 앉았는지 완전히 잊은 채 인터넷 서핑을 하는 제 모습은 아마 평균적인 우리 시대의 보통 사람의 모습이 아닌가 싶어요. 책은 집중해야 거기에 담긴 내용을 소화해낼 수 있는 미디어입니다. 반면 인터넷은 우리의 정신을 분산시키는 미디어입니다.

웹 서핑! 참 근사한 단어입니다. 인터넷을 이용하는 우리의 행태를 너무 잘 표현해주는 단어라 생각해요. 서핑! 자유로워 보입니다. 어디든 갈 수 있는 것처럼 보입니다. 그래요, 인터넷을 서핑하면 마치 호주 골드코스트의 서퍼라도 된 느낌이에요. 하지만 서퍼의 자유로운 동작을 결정짓는 건 서퍼의 의지가 아니라 파도이지요. 서퍼는 파도에 적응해야 합니다. 파도에 순응해야만 물에 빠지지 않을 수 있습니다.

분명 인터넷에 접속한 것은 제 의지이고, 책을 읽다가 모르는 정보가 있어서 처음에는 위키피디아에 그 항목을 검색하기 시작한 것도 저의 자유로운 의지로 인한 것이었지요. 그러나 서퍼가 된 저는 점점 알고리즘의 물결을 따라 움직입니다. 저는 세르반테스의 이력이 궁금해서 자유의지에 따라 위키피디아에 세르반테스를 검색했고, 그 후에 페이스북에 들어갔을 뿐인데요. 페이스북은 스페인에 가면 묵을 수 있는 호텔 정보를 제게 제공하기 시작했고, 그 호텔 가격을 체크하고 다시 구글로 돌아왔더니 비행기 회사 광고가 저를 유혹하고, 너무나 좋은 할인 이벤트가 눈에 띄어서 비행기 표를 검색했더니, 여행에 필요한 트렁크 광고가 보여서 트렁크를 검색하다가, 최종적으로 속옷을 주문하고 결제한 후 저는 완전히 망각합니다. 제가 읽던 책의 내용은 기억에서 모두 사라지고 없었습니다.

그래요, 디지털 시대에 살고 있는 우리는 사실 모두 집중력 감소를 겪고 있을 거예요. 서핑을 하면서 우리는 무수히 많은 텍스트를 읽지만 그 텍스트를 읽는 방식은 책을 읽는 방식과는 아주 달라졌어요. 우리는 인쇄된 책을 어떤 방식으로 읽어내나요? 왼쪽에서 오른쪽으로 그리고 위에서 아래로 한 문장 한 문장 읽어야 합니다. 혹 한 줄이라도 뛰어넘게 되면 내용을 따라갈 수 없지요. 우리의 눈으로 한 페이지를 구성하고 있는 문장을 하나하나 빼놓지 않고 차례차례 읽어내야 합니다. 한 페이지를 읽는 데 적지 않은 시간이 요구되는 것이지요.

포털 사이트에서 여러분이 뉴스를 클릭했습니다. 내용은 인쇄된 신문과 동일할 수 있어요. 그런데 여러분이 그 동일 내용의 뉴스를 스마트폰으로 읽을 때는 읽는 방식이 달라집니다. 그 뉴스를 왜 클릭하셨나요? 그래요, 제목 때문이죠. 제목이 너무 유혹적이잖아요. 엄청난 정보가 들어 있을 것 같은, 그래서 도저히 클릭을 하지 않을 수 없도록 만드는 제목이었어요. 위의 몇 줄을 읽습니다. 그런데 벌써 손가락은 스마트폰 화면을 아래로 내리고 있습니다. 휘리릭 읽습니다. 학자들은 디지털 시대에 우리가 텍스트를 읽는 방식이 알파벳 F자를 닮았다고 지적합니다. 아니 정확하게 말하면 읽는다기보다 쓱 훑어보기, 즉 스캔에 가깝습니다. 내용을 쭉 스캔한다음 바로 아래에 있는 댓글을 봅니다. 내 맘에 드는 댓글이 나올 때까지요. 우리는 온종일 스마트폰을 손에 쥐고 있기에 정말 많은 텍스트를 접합니다. 그렇지만 우리는 그 텍스트를 읽지 않아요. 대신 스캔하죠. 우리는 이렇게 읽기 능력을 잃어버렸습니다.

그런 채로 디지털 스캐닝의 태도를 갖고 책상에 앉아 있으니 독서가 제대로 될 리 없습니다. 책을 읽기 시작한 지 얼마 되지 않았는데 참을 수가 없어요. 왜 책은 인터넷 기사처럼 결론이 빨리 등장하지 않는 건가요! 자꾸 화가 납니다. '그러니까 당신이 하고 싶은 말이 대체 뭐냐고! 왜 속시원하게 말하지 않아!' 조금만 재미없으면 다른 정보로 건너뛰는 습관이 몸에 배어 있기에 한곳에 오래 머무를 수 없지요. 이렇게 되면 우리는 노파를 죽일지 말지를 수십 페이지째 고민하고 있는 도스토옙스키의 《죄와 벌》을 읽을 수 없습니다. 셰익스피어의 햄릿은 그냥 결정을 내리지 못하는 우유부단한 인물로만 보입니다. 10명이 모여 10일 동안 100가지 이야기를 나누는 《데카메론》은 유튜브 동영상조차 흥미를 끌지 못하면 1분도 보지 않는 시대에 살고 있는 사람들에게 읽을 수 없는 텍스트가 됩니다.

이런 상황에서 문제를 느끼지 않는다면 상관없습니다. 그런데요, 서점에 오시는 분은 좀 다릅니다. 변화한 현실에서 뭔가 상실을 읽어내는 분이죠. 스캔도 좋지만 읽기가 갖는 풍요로움을 알고 계신 분입니다. 그런데 혼자 읽어내기는 어려움을 겪는 분들이 적지 않게 있지요. 혼자서 집중력 감소와 싸우다가 처참하게 실패한 분들이요. 하지만 사람들이 모이면 이겨낼 수 있지 않겠어요? 서점은 그런 분들을 도와야 합니다. 혼자 힘으로는 스마트폰이라는 골리앗과 싸울 수도 없을뿐더러 버티는 것 자체도 어렵겠지요. 혼자 못할 경우 집단을 형성하는 게 언제나 그렇듯 정답입니다. 그래서 니은서점이 그 무대를 마련했습니다. 이름하여, 니은 낭독회! 마스터 북텐더는 두 시간 안에 읽어낼 수 있는 분량의 책을 선정합니다. 그리고 함께 읽을 사람을 모집합니다. 이런 문구로 홍보했습니다. "혼자서 책 읽기 힘드시죠? 단 두 시간만 투자하시면 책 한 권을 읽어내고 뿌듯함을 얻을 수 있는 니은 낭독회!"

사람들이 서점에 모입니다. 둥그렇게 둘러 앉습니다. 서로 누구인지는 잘 모릅니다. 단지 다들 책 읽기를 좋아하는 사람이라는 점만 서로 압니다. 직업과 나이 그리고 어디에 사는지는 전혀 중요하지 않습니다. 우리는 책 읽기를 핑계 삼아 사적인 네트워크를 만들려는 목적으로 이곳에 모인 게 아니니까요. 여기는 디지털 스트레스로부터 벗어나 혹시 나의 몸에 나도 모르게 탑재되어 있을 '집중력 부족'을 책 읽기로 자가 치료하기 위해 모인 자리니까요.

그리고 책을 함께 읽기 시작합니다. 한 문단씩 돌아가면서 낭독해야 하기 때문에 책을 읽는 동안 잠시라도 딴생각을 하거나 스마트폰을 만지작거리면 자기 차례가 왔는데도 낭독해야 할 부분을 찾지 못하는 망신을 당할 수 있습니다. 그러니 모두들 긴장합니다. 눈으로 읽으면서 동시에 다른 사람의 목소리로 텍스트를 듣기까지 하니, 혼자서 책을 묵독으로 읽을 때와는 달리 책이 멀티미디어로 변화합니다. 30분이 지났습니다. 혼자서 읽었다면 이미 뭔가 쇼핑하고 결제하고 있을 시간입니다. 그런데 함께 모이니 여전히 책을 읽고 있습니다. 처음의 집중력을 상실하지 않았고, 오히려 처음의 긴장감이 사라지니 더 독서에 몰입할 수 있게 해줍니다.

서로는 서로를 견제합니다. 자극을 주고받습니다. 그리고 서로의 눈길로, 목소리로 동일한 행동을 하고 있다는 그 사실 하나만으로 서로 누군지 모르는 사람들이 모인 지 한 시간도 채 지나지 않아 동료애를 느낍니다. 마침내 마지막 페이지에 도달했습니다. 언제 지나갔는지 모르게 두 시간이 흘렀습니다.

우리는 그 두 시간 동안 스마트폰을 손에 쥐고 싶은 유혹과 사투를 벌였습니다. 책을 읽으면서 사람들은 스마트폰의 유혹에 빠지지 않기 위해 손에 손 잡고, '핸드 인 핸드'의 정신으로 함께 노력한 셈이에요. 이렇게 몰입해본 경험이 얼마 만인지 모르겠네요. 보통 집중력 있게 노동을 하면 심신이 피곤해지는데, 두 시간 동안 책을 읽었는데도 눈이 침침해지기는커녕 정신이 맑아집니다. 두 시간을 다 함께 읽으면 각자의 손에 쥔 책은 마치 승리의 트로피처럼 느껴집니다. 낭독회가 시작되었을 때 약간 서로 어색해했던 사람들도 공동체에 대한 경의를 서로 눈빛으로 표현하며 미소 짓지요. 우리 모두는 낭독회를 통해 승리한 다비드가 된 거니까요. 그렇게 니은서점에 모인 사람들은 각자의 목소리로 서로에게 페터 비에리의 《교양 수업》을, 이옥남 할머니의 《아흔일곱 번의 봄 여름 가을 겨울》을, 올리버 색스의 《고맙습니다》를, 슈만과 이설리스의 《젊은 음악가를 위한 슈만의 조언》을 함께 읽었어요.

낭독회가 끝났습니다. 문득 베른하르트 슐링크의 소설 《책 읽어주는 남자》가 떠오릅니다. 보통은 두 시간 동안 읽어낼 수 있는 책으로 낭독회를 했지만, 언젠가 슐링크의 《책 읽어주는 남자》 마라톤 낭독회도 하고 싶습니다. 그때 니은서점에 와주세요.

글쓰기가 외로워 토크가 하고 싶은 작가와 작가의 모공까지 확인하고 싶은 독자.

글쓰기는 세상에서 가장 외로운 일 중 하나예요. 오로지 자신의 힘만으로 헤쳐나가야 하는 쉽지 않은 과정이지요. 어떤 글을 쓸 것인지 결정했다고 해도 글을 쓰는 여정이 기대처럼 순조롭지 않습니다. 글을 쓰는 동안 온갖 종류의 두려움이 찾아옵니다. 과연 내가 이 글을 완성할 수 있을까 하는 자신의 능력에 대한 근본적인 두려움부터, 제대로 쓰고 있는지 알 수 없다는 기술적인 두려움, 글을 쓰고 또 쓰고 또 고쳐도 맘에 들지 않고, 저녁에 쓴 글을 아침에 읽어보니 도저히 견딜 수 없어서 지워버릴 때의 낭패감까지 겪은 후에야 초고가 만들어집니다. 심지어 타고난 글재주가 넘쳐흐르는 것 같은 작가, 읽고 나면 '역시 글을 잘 쓰는구나'라고 감탄할 수밖에 없는 작가가 털어놓은 창작 과정의 난관에 대한 고백은 차고 넘칩니다.

저는 글쓰기가 힘들 때 작가들의 창작 과정에 대한 솔직한 고백을 일부러 읽습니다. 현재 제가 느끼는 능력의 한계가 저만의 한계가 아니라 글을 쓰는 사람을 그림자처럼 따라다니는, 글을 쓰는 한 떨쳐내고 싶어도 떨쳐낼 수 없는 어두운 동반자임을 확인하기 위해서이지요. 제가 자주 펼쳐보는 책은 〈파리 리뷰〉에 실렸던 작가들의 인터뷰를 모은 《작가란 무엇인가》라는 책입니다. 《양철북》의 작가 귄터 그라스는 이런 말을 했어요. "밤에는 절대로 안 씁니다. 밤에 쓴 글을 믿지 않아요. 너무도 쉽게 써지기 때문이지요. 간밤에 쓴 글을 아침에 읽어보면 결코 좋지 않더라구요."• 밤에 쓴 글을 그다음 날 아침에 다 지워버린 경험이 있으신 분이라면 귄터 그라스의 고백에서 위안을 받으실 수 있을 거예요.

하루키의 고백도 많은 위로가 됩니다. 하루키는 글쓰기는 그 자체가 고독한 행위라고 했습니다. 아무도 구해주지 않는 깊은 우물 밑바닥에 혼자 있는 기분이라 비유했지요. 번역은 글쓰기보다 더 외로우면 외롭지 결코 덜하지 않은 과정이라 할 수 있어요. 오죽했으면 한국에서 이름 그 자체가 브랜드인 한국의 대표 번역가 노승영과 박산호가 번역가에 가장 필요한 자질을 '외로움을 견디는 힘'이라고 했겠어요. "사람을 그리워하는 사람은 번역에 적합하지 않다. 외로움이 병인 사람은 번역가가 되어서는 안 된다. 번역은 누군가와 같은 공간에서 할 수 있는 일이 아니기 때문이다. 물론 북적거리는 카페나 공동 작업실에서 일할 수도 있지만 그때도 남들이 침범할 수 없는 자기만의 영역을 확보해야 한다."•• 짧든 길든 그 "우물 밑바닥"에서의 고독의 시간

• 파리 리뷰, 권승혁 김진아 김율희 옮김, 《작가란 무엇인가》, 다른, 2019, 759쪽.
•• 노승영 박산호, 《번역가 모모 씨의 일일》, 세종서적, 2018, 99쪽.

을 통과해야만, 오웰이 "고통스러운 병을 오래 앓는 것처럼 끔찍하고 힘겨운 싸움"•이라고 표현했던 과정을 거쳐야만, 헤밍웨이가 《무기여 잘 있거라》를 쓸 때 "마지막 페이지는 서른아홉 번을 다시 쓰고야 만족"••했다는 시지푸스의 고통을 넘어서야만 원고가 완성됩니다.

니은서점의 서가에 있는 책의 작가들도 모두 이런 과정을 거쳤겠지요? 이 책들은 외로움과 싸웠던 그 무수한 날을 뒤로하고, 근면성과 체력을 요구하는 지난한 퇴고의 과정을 거친 후에 인쇄되어 세상에 나왔을 겁니다. 모든 책의 저자와 번역자는 그런 의미에서 이미 각자 마라톤 우승자나 마찬가지입니다.

책이 완성되는 과정이 고통스럽기에 작가마다 견뎌내는 나름의 비법이 있다고 해요. 어떤 작가는 독자와 만나게 될 그 어떤 순간을 상상하며 버틴다고 합니다. 책이 마침내 출간되었을 때, "우물 밑바닥"에서 고군분투하던 작가는 독자 앞에 자신을 드러낼 수 있는 드문 기회를 맞이합니다. 보통 '작가와의 만남'이라는 이름으로 진행되는 행사를 통해서 작가는 자신이 "우물 밑바닥"에서 상상했던 관념의 구성체인 독자가 아니라 실제로

• 조지 오웰, 이한중 옮김, 《나는 왜 쓰는가》, 한겨레 출판, 2010, 300쪽.

•• 파리 리뷰, 권승혁 김진아 김율희 옮김, 《작가란 무엇인가》, 다른, 2019, 417쪽.

존재하는 얼굴을 가진 독자를 비로소 만날 수 있어요. 그래서 독자와의 만남을 앞둔 모든 작가는 설렘을 감추지 못합니다.

미국의 문화인류학자 에드워드 홀Edward Hall은 물리적 거리와 심리적 거리의 연관성을 공간언어라는 개념으로 설명하는데요. 누구인지 모르는 사람과 함께 있는 데 불편함을 느끼지 않으려면 3.6미터 이상은 떨어져 있어야 한다고 합니다. 3.6미터를 홀은 공식적 거리라 불렀지요. 작가와 독자가 만나는 행사는 적지 않습니다. 보통 대규모로 진행되는 행사는 참가비를 별도로 받는 경우도 있습니다. 3.6미터의 공식적 거리도 이런 행사에서는 유지되지요. 이때 한 가지 장점이 있어요. 독자가 작가 앞에서 대면적 익명성을 유지할 수 있다는 점입니다. 작가는 무대에 있고 독자는 객석에 있습니다. 작가는 독자보다 높은 위치에 있지요. 무대와 객석 사이에는 꽤 거리가 있습니다. 맨 앞줄도 그러하니 작가와의 만남이 이뤄지는 장소에서 맨 뒷줄에라도 앉게 되면 독자는 완벽한 대면적 익명성을 확보합니다. 이런 방식으로 만난 독자의 얼굴을 작가가 기억할 리 없습니다. 독자 입장에서도 작가를 만났다기보다 작가를 구경했다는 느낌을 받습니다. 작가도 아쉽기는 마찬가지입니다. 작가는 독자를 만났다기보다 자신이 구경거리가 되었다는 느낌에 살짝 허탈해집니다.

독자는 작가의 얼굴을 실물로 확인하고, 책에 사인을 받기 위해서만 작가를 만나려는 게 아닙니다. 작가 역시 단순히 책을 홍보하고 책 판매만을 위해 독자를 만나고 싶어하지 않아요. 독자와 작가가 그저 책 판매 촉진을 위해 만나는 것이 아니라면, 그 둘의 물리적 거리는 가까울수록 좋지요.

니은서점의 '시그니처'라고도 할 수 있는 '니은 하이엔드 북토크'는 이런 고민으로 만들어졌어요. 작가와 독자가 서로를 구경하는 곳이 아니라 서로 만나 책에 대해 이야기하는 곳, 독자는 작가의 육성을 듣고 작가는 내 글을 읽어주는 독자의 얼굴을 확인하는 곳, 그런 기회를 니은서점은 하이엔드 북토크라는 이름으로 마련합니다. 니은서점에선 적어도 일주일에 한 번은 독자는 작가를, 작가는 독자를 만날 수 있는 모임이 열립니다. 임시 오픈 기간이었던 2018년 8월 24일은 니은서점에서 하이엔드 북토크가 시작된 의미 있는 날이었습니다. 그 이후 코로나19로 인해 사회적 거리 두기가 시작되기 전인 2020년 2월 21일까지 18개월 동안 무려 63번의 북토크가 열렸습니다. 한 주에 최소한 한 번 니은서점은 작가와 독자가 만나는 무대로 변신한 셈이죠. 북토크마다 평균 20명이 참석했으니, 63번의 북토크 동안 1,200명 이상의 독자가 니은서점을 다녀갔습니다.

참가비는 받지 않습니다. 작가는 오로지 독자와 만날 수 있다는 생각으로 기꺼이 니은서점의 초대에 응해주세요. 독자에게는 작가를 응원하는 뜻으로 책 구매를 부탁드립니다. 서점은 책을 팔아서 좋습니다. 독자는 책을 구매해서 작가를 응원하고, 구매한 책에 작가의 서명을 받을 수 있으니 일석이조입니다. 작가는 독자를 만나서 기쁩니다.

하이엔드 북토크가 시작됩니다. 마스터 북텐더인 제가 오프닝을 맡습니다. 아직은 서점에 긴장감이 돌고 있어요. 니은서점은 아주 작은 공간이기 때문에 20명만 모여도 서점이 꽉 찹니다. 옹기종기 모여 앉습니다. 독자는 작가의 모공까지 확인할 수 있을 정도의 가까운 거리에서 작가와 마주합니다. 작가 역시 마이크를 쓰지 않고 육성 그대로 자신의 작품에 대해 이야기할 수 있습니다. 작가의 목소리는 기계적 장치를 거치지 않은 원음 그 자체로 서점에 퍼져나갑니다. 그래서 니은서점의 북토크에 하이엔드라고 이름 붙였지요.

홀이 말한 공식적 거리는 유지되지 않습니다. 연인 사이의 친밀한 거리(15~46센티미터)와 개인적인 거리(46센티미터~1.2미터) 그 사이의 간격으로 독자와 독자가 그리고 독자와 작가가 앉습니다. 작은 공간은 마법을 부립니다. 북토크를 시작할 때만 해도 어색함을 감출 수 없었던 사람들의 표정이 편안해집니다. 30여 분만 지나면 마치 작가의 서재에 초대받아 온 느낌이 됩니다. 그 편안함이 서점을 채우기 시작하면, 작가와 독자 사이에 가장 내밀하고 탄탄한 이야기가 솟아오르는 '하이엔드'의 순간이 찾아옵니다. 그 순간이 오면 더 이상 마스터 북텐더가 사회를 보며 독자와 작가를 매개하는 활동을 할 필요가 없을 정도로 작가와 독자는 격의 없는 대화를 나누고 있습니다. 진정한 대화가 시작되는 그 순간 작가와 독자는 일반명사의 존재가 아닙니다. 북토크가 시작될 때 작가는 그냥 작가였고, 독자도 그냥 독자이기만 했지만, 이야기를 나눌수록 모두 일반명사를 벗어던지고 페르소나를 가진 개인과 개인의 만남으로 변합니다. 그랬기에 북토크가 끝나면, 모두 겪었던 그날 밤의 작은 기적인 '하이엔드'의 순간을 기억하기 위해 단체사진을 찍습니다. 저는 그 순간이 너무 좋습니다.

덕분에 니은서점은 망하지 않고 있어요. 고마워요 츤도쿠 씨.

파리의 서점 셰익스피어 앤드 컴퍼니는 이제 모르는 사람이 없을 정도로 유명합니다. 꽤 많은 영화에도 등장했잖아요. 영화 〈비포 선라이즈〉의 주인공 제시와 셀린은 빈에서 헤어진 후 그다음 영화 〈비포 선셋〉에서는 우연히 셰익스피어 앤드 컴퍼니에서 다시 만나면서 끊어진 줄 알았던 사랑의 끈을 이어갑니다. 감동적이죠. 서점이 사랑을 이어주는 공간이 된 것이니까요. 〈비포 선셋〉의 팬이라면 파리에서 당연히 들러야 할 성지 중 하나입니다. 파리를 흠모하는 우디 앨런은 아예 파리의 벨 에포크에 대한 동경을 담은 영화 〈미드나잇 인 파리〉를 만들었는데, 당연히 이 영화에도 셰익스피어 앤드 컴퍼니가 등장해요.

〈비포 선셋〉이나 〈미드나잇 인 파리〉 같은 영화에 등장하면서 대중적으로 알려졌지만 셰익스피어 앤드 컴퍼니의 화제성은 서점을 들락거렸던 단골손님의 명성과 무관하지 않습니다. 스콧 피츠제럴드와 어니스트 헤밍웨이가 단골손님이었다는 사실 하나만으로도 책을 좋아하는 사람이라면 그곳을 마음속에서 나만의 성지로 모실 충분한 이유를 갖는 셈입니다.

자신과 셰익스피어 앤드 컴퍼니와의 인연을 헤밍웨이는 《파리는 날마다 축제》라는 책에서 생생하게 묘사하고 있어요. 헤밍웨이는 그곳뿐만 아니라 센 강변에 있는 헌책방의 단골손님이기도 했습니다. 셰익스피어 앤드 컴퍼니 바로 건너편 센 강을 따라 길게 늘어선 야외 중고서점을 부키스트bouquinistes라고 하는데요. 부키스트는 센 강 좌안 퐁마리Pont Marie에서 시작되어 강변을 따라 쭉 펼쳐져 있습니다. 녹색의 철제 진열대가 아주 인상적입니다. 헤밍웨이는 부키스트의 추억을 《파리는 날마다 축제》 속에 적었어요. 잠시 그 부분을 읽어드릴까요?

> 강변의 노점 책방에서는 최근 미국에서 간행된 책들을 가끔 터무니없이 싼 가격으로 구할 수 있었다. 레스토랑 투르 다르장 위층에는 관광객들에게 빌려주는 방이 몇 개 있었는데 레스토랑 주인은 그 방에 투숙하는 손님들에게 음식값을 할인해주곤 했다. 그곳에 머물던 손님이 책을 남겨두고 떠나면 객실 담당은 호텔 근처에 있는 어느 여자 책 장수에게 그 책을 내다팔았다. 그래서 그런 책들을 헐값에 구할 수 있었던 것이다.•

부키스트는 헤밍웨이보다 훨씬 이전 1845~1849년 사이에 앙리 뮈르제가 연재했던, 파리 예술가들의 생활 풍습을 다룬 소

• 어니스트 허밍웨이, 주순애 옮김, 《파리는 날마다 축제》, 이숲, 2012, 39~40쪽.

설《라 보엠》에도 등장합니다. 〈내 이름은 미미〉라는 아리아로 유명한 푸치니의 오페라 〈라 보엠〉 아시죠? 바로 푸치니의 〈라 보엠〉의 원작 소설이 뮈르제의《라 보엠》입니다. 뮈르제는 19세기 파리에서 보헤미안(보엠)이라 자칭했던 사람들의 생활 풍경을 세밀하게 묘사하고 있습니다 자칭 '위대한 철학가' 귀스타브 콜린, '그림의 거장' 마르셀, '음악의 대가' 쇼나르 그리고 '거룩한 시인' 로돌프가《라 보엠》에 등장 하는 보헤미안이에요. 이 네 명으로 이루어진 보헤미안 '세나클'(살롱에 모여 문학에 대해 토론하는 문학동인) 중 푸치니의 오페라 〈라 보엠〉에서 미미의 손을 잡고 〈그대의 찬 손〉을 부르는 시인 로돌프가 가장 잘 알려진 인물이지만, 책을 좋아하는 사람이라면 책 구입 중독에 빠진 철학자 콜린에게 관심이 쏠릴 것입니다. 그는 콩코르드 다리부터 생미셸 다리까지 늘어선 부키스트 상인 사이에선 유명인사입니다. 콜린은 매일 부키스트 앞을 지나가는데, 하루도 책을 사지 않고 그냥 지나가는 적이 없습니다. 콜린에게 책 구입은 거의 중독에 가까운 습관이랍니다.

보헤미안은 주류의 삶을 거부하는 생활 철학을 신봉했기에, 보헤미안이 되기 위해서는 남들에게는 없는 자기만의 독특한 세계 구축이 무엇보다 중요합니다. 자칭 보헤미안인 철학자 콜린에게 책은 돈만 밝히는 속물적인 부르주아로부터 자신을 구별시켜주는 아이템인 거죠. 콜린은 강의 요청이 들어오기만 하면 때와 장소를 가리지 않고 무조건 수락합니다. 강의로 돈을 벌어서 그 돈으로 책을 살 작정이라서요. 그는 수입의 거의 전부를 책 구입에 쏟아붓습니다. 뮈르제는 콜린의 수집벽을 이렇게 묘사합니다. "만일 새로운 책을 한 권이라도 들고 집에 들어가지 않는 날이면 그는 습관처럼 티투스의 말을 인용해 이렇게 말했다. 아, 오늘 하루는 완전히 공쳤어."•

내가 하면 로맨스 남이 하면 불륜이라는 이른바 '내로남불'의 법칙은 수집에도 적용될 수 있어요. 콜린의 눈에 책은 보석과 다를 바 없으나, 다른 사람은 책을 그저 쓰잘데기 없는 물건으로 보겠지요? 무엇인가에 '꽂혀' 그것을 탐닉하고 수집하는 열정에 빠져 있는 사람은 다른 사람의 판단에 아랑곳하지 않습니다.

만년필도, 자동차도, 오디오도, 커피 잔도, 카메라도, 운동화도 자신의 마음을 뒤흔들어놓는 대상이라면 그게 무엇이든 모을 수 있습니다. 연필이 좋다면 연필을 모아도 상관없습니다. 코카콜라 병도 수집 대상이 될 수 있어요. 스타벅스 텀블러면 어떠

• 앙리 뮈르제, 이승재 옮김, 《라 보엠》, 문학세계사, 2003, 34쪽.

하며 블루보틀의 굿즈라고 해서 안 될 이유는 없습니다. 애니메이션 주인공 피규어를 모은다고 품격이 떨어진다고 예단할 수도 없죠. 니은서점에도 마스터 북텐더가 꽂혀서 수집하는 도라에몽의 영원한 친구 노비타 피규어가 많거든요.

습관적으로 책을 사는 버릇이 있는 사람이라면 콜린이 왜 그런지 잘 이해할 수 있을 거예요. 책을 사는 기쁨은 책을 읽는 기쁨 못지않은 기쁨입니다. 책이 잔뜩 꽂혀 있는 서가는 습관적으로 책을 사는 사람에겐 책을 사며 누렸던 기쁨의 기억 전시장과도 같습니다. 고수들은 읽으려고 책을 사기도 하지만, 사는 기쁨을 누리기 위해 책을 사기도 합니다. 물론 산 책을 다 읽지는 못하죠. 저 역시 서가에 꽂혀 있는 책을 "모두 다 읽었냐"는 질문을 꽤 자주 듣습니다. 대답하기에 살짝 까다로운 이 질문을 받으면 저는 이렇게 대답합니다. 먼저 "설마요!"라고 한 뒤에 "책은 읽기 위해서 사는 게 아니라, 산 책 중에서 읽는 것이다"라는 말을 인용합니다. 누가 제일 먼저 이 근사한 답을 생각해냈는지 모르지만 책을 수집하는 사람을 위한 정말 환상적인 자기방어 논리 아닌가요?

인스타그램의 시대에도 콜린과 같은 사람은 적지 않습니다. 그들은 자신을 '츤도쿠積ん読'라 부릅니다. '읽어낼 수 있는 책보

다 더 많은 책을 사는 습관'이라고 정의 내릴 수 있는 츤도쿠는 오타쿠처럼 일본에서 유래하여 전세계적으로 쓰이기 시작한 단어인데요. 궁금하시면 인스타그램에서 츤도쿠로 해시태그 검색을 해보세요. 엄청 많은 포스팅을 발견할 수 있을 거예요. 츤도쿠는 인스타그램과 스마트폰이 전세계를 장악한 듯한 요즘에도 전 세계 곳곳에서 여전히 암약하고 있었던 것이죠.

니은서점에도 츤도쿠가 있습니다. 사실 제가 니은서점에서 가장 많은 책을 사들입니다. 제가 책을 읽을 수 있는 적정 속도는 일주일에 한 권 정도입니다. 그런데 제가 사들이는 책은 한 달에 적정 권수인 네 권이 아니라 열 권 이상입니다. 그러면 그 책은 대체 무엇을 위해 쓰이냐구요? 상당수의 책은 니은서점 공유서재로 서점에 전시됩니다.

제가 독보적인 니은서점의 츤도쿠였는데요. 서점 문을 연 지 8개월 무렵 새로운 츤도쿠가 등장했습니다. '뉴 페이스' 츤도쿠는 서점 근처에 산다는 지리적 장점을 최대한 활용하여 수시로 니은서점에 들렀고, 수시로 책을 사갔습니다. 마스터 북텐더는 책을 많이 팔아서 기분이 좋았지만, 곧 뉴 페이스 츤도쿠가 마스터 북텐더의 절대지존 츤도쿠의 자리를 위협하는 것 같아 긴장했습니다. 저는 새로운 경쟁자에게 지지 않으려고 책을 더 사들였습니다. 눈치챘는지 뉴 페이스의 반격도 만만치 않았습니다. 살짝 걱정도 되었습니다. 이렇게 책을 사들이려면 돈이 필요할 텐데, 언젠가 돈이 부족해서 츤도쿠를 그만두면 어쩌지? 그래서 아이디어를 하나 냈습니다. 궁금하시다구요? 곧 아시게 될 겁니다.

니은서점에도 90년대생이 왔습니다. 북텐더 구보라, 이동근, 정선호 그리고 예비 북텐더 송종화와 90년대생이 절대 아닌 박재윤까지.

제 기억으로는 아마도 일요일이었던 것 같습니다. 한 청년이 서점에 들어왔습니다. 서점에 오시는 분을 성별로 분류해보면 남자는 20퍼센트 정도예요. 남자 혼자서 서점에 오는 경우는 그다지 많지 않습니다. 그리고 구매로 이어지는 확률도 확연하게 낮습니다. 니은서점만 그런 게 아니라 다른 서점도 비슷한 경향인가봅니다. 아무튼 서점을 하면서 남자 혼자 들어와서 책을 살 확률은 그다지 높지 않다는 제멋대로의 공식이 머리에 입력되어 있었기에, 의례적인 환영 인사만 건넨 채 저는 제 할 일을 하고 있었습니다.

그런데 예상과는 달리 그 남자 분은 책 좀 골라본 '티'가 팍팍 나는 분이었습니다. 적지 않은 책을 골라 구입을 해주시니, 저는 이 정도 책을 사는 사람이라면 서점 망하지 않는 데 큰 기여를 하실 분이라는 생각에 단골로 붙들어두어야겠다고 작정했습니다. "커피 드시겠습니까"라고 넌지시 여쭤봤더니 흔쾌히 응하시더군요. 그날도 '빵 권 데이'에 가까웠기에 커피를 마시면서 이런저런 이야기를 여유 있게 나누다가 그분이 정치학과 사회학을 전공하고 있는 대학생이며 연신내에 살고 있음을 알게 되었습니다. 또 하나 알게 된 흥미로운 사실은 그분이 대학교 입학을 앞두고 있었을 때 제 책 《세상물정의 사회학》이 출간되었는데,

홍대 근처에서 있었던 출간 기념 행사에 왔었다고 했습니다. 몇 년 전 독자와 작가로 만났던 사이에서 서점 주인과 손님으로 만나게 되니 반가웠어요. 그 이후로 틈이 날 때마다 이 청년은 서점에 와서 책을 구매했고, 마스터 북텐더를 위협하는 츤도쿠이자 VIP 손님이 되었습니다.

서점이 차츰 자리를 잡아가면서 니은서점이 명실상부 북텐더 서점이 되기를 바랐지만, 서점이 워낙 영세한 규모이다보니 정식으로 직원을 뽑을 수 있는 형편이 아니에요. 서점이 제공할 수 있는 일자리는 시간제 노동뿐인데요. 서점의 특성상 시간제 노동으로 일할 수 있는 사람을 구하기도 쉽지 않았어요. 당연히 책을 좋아해야 하고, 손님에게 책을 소개할 수도 있어야 하는 사람이어야 하니까요. 그분은 마침 서점이 원하는 조건을 갖췄는데, 서점은 겨우 시간당 최저임금이 조금 넘는 시급을 지불할 수 있는 형편인지라 어느 날 조심스럽게 물어봤습니다. "아르바이트 하는 거 없어요?" 그러자 "아르바이트 안 하는데요"라는 대답이 돌아왔습니다. 5부 능선은 넘었다 싶었습니다. "아르바이트 할 의향은 있구요?" 그랬더니 그분은 적당한 곳이 있으면 할 생각이 있다고 답을 했습니다. 아아, 저는 매우 흐뭇했지만 표정 관리를 하면서 "우리 서점에서 일해볼 생각 없으세요?"라고 물어봤습니다. 자신이 없었기 때문에 "우리 서점에서 일해볼래요?"도 아닌 어정쩡한 질문이었습니다. 그분은 흔쾌히 응했습니다. 제1호 북텐더, 정선호는 그렇게 서점에서 일하게 되었습니다. 니은서점의 츤도쿠가 북텐더로 변신한 것이죠. 정선호 북텐더로 인해 니은서점은 더욱 활기차게 되었어요. 사람 욕심은 끝이 없나봐요. 우리는 더 많은 북텐더가 니은서점과 함께하기를 기대했습니다.

사실 이메일을 하루에도 여러 번 체크하지만 제가 받는 이메일의 상당수는 언젠가 제가 가입했던 각종 사이트에서 이런저런 이유로 보내는 영혼 없는 메일이 대부분을 차지해요. 아주 드물게 책을 잘 읽었다는 독자의 편지를 받으면 그 어떤 선물보다 더 기쁩니다. 어느 날 낯선 사람이 보낸 이메일을 받았습니다. 보통 독자가 보낸 것과는 조금 달랐습니다. 제 책을 읽고 사회학에 흥미가 생겼는데 조언을 구한다는 내용이었어요.

그분에게 제가 서점에 있는 시간을 알려주고, 서점에서 보자고 했습니다. 만나서 이런저런 이야기를 했고, 좀더 자세하게 알게 되었죠. 대학에서 정치학을 전공했지만 장차 작가의 꿈을 꾸고 있다는 것도 들었습니다. 스타벅스에서 일하면서 생활비를 벌고 있다고 했는데요. 니은서점이 자기가 찾던 서점이라고 하더군요. 마침 하이엔드 북토크가 예정되어 있던 날이었고, 내친 김에 북토크까지 참석한 그분은 그 이후에도 시간이 날 때면 서점에 들렀습니다. 그리고 스타벅스 아르바이트를 정리하고 니은서점의 북텐더가 되었습니다. 니은서점의 두번째 북텐더 이동근입니다. 혼자서 서점을 꾸려가던 차에 저는 정선호 북텐더와 이동근 북텐더가 함께하면서 천군만마를 얻은 것 같았습니다. 니은서점의 북텐더는 단순 노동만 하지 않습니다. 서점에서 가장 까다롭고 또한 가장 전문성을 요구하는 일이 입고할 책을 고르는 것인데요. 그 일을 저 혼자 해내는 것보다는 북텐더가 함께하면 니은서점에 입고되는 책의 스펙트럼이 정체성을 유지하면서도 넓어질 수 있거든요. 그리고 정선호, 이동근 북텐더는 저보다 아마 읽은 책이 더 많을 수도 있는 엄청난 독서가입니다.

북텐더가 니은서점과 함께하면서 이들은 저의 좋은 상담 상대이자 고민을 나누는 사이가 되었어요. 서점의 본래 정체성을 잃지 않으면서도 어떻게 하면 책을 더 팔 수 있을까, 어떻게 하면 망하지 않고 버틸 수 있을까를 함께 이야기하다가 새로운 북텐더 영입 문제까지 이어졌습니다. 그러자 한 손님이 떠올랐습니다. 가끔 자전거를 타고 서점에 오시던 분이었어요. 서점에서 그리 멀지 않은 곳에 살고 계시던 그 손님은 '한승태의 《인간의 조건》 함께 읽기'에 참석하기도 했고, 장혜령 작가가 이틀에 걸쳐 서점에서 진행했던 라디오 워크숍에도 참석했어요.

제가 "그분 북텐더로 영입하면 어떨까요?"라고 묻자 정선호 북텐더가 다소 실망스러운 소식을 전했습니다. 그분 인스타그램을 팔로우하고 있는데 얼마 전에 어떤 서점에서 아르바이트를 시작했다는 포스팅을 봤다는 것입니다. '아, 한발 늦었다'는 생각이 들었습니다. 이미 다른 서점에서 일을 하고 있는데 니은서점 북텐더를 제안하면 실례가 아닐까 하여 망설여지더군요. 그래도 너무 아쉬워서 용기를 내어 인스타그램 메시지로 조심스럽게 의향을 타진했습니다. 그랬더니 마치 기다리기라도 했던 것처럼 흔쾌히 응해주셨어요. 다행스럽게도 아르바이트를 시작한 서점에서 일주일에 하루만 일하기에 니은서점 북텐더가 불가능한 상황도 아니었구요. 이렇게 구보라 북텐터가 니은서점의 세 번째 북텐더로 함께하게 되었습니다.

제가 60년대생이니까, 90년대생이 니은서점의 북텐더가 되면서 제가 커버할 수 없는 새로운 감각이 니은서점에 만들어지기 시작했어요. 그들은 저보다 SNS를 훨씬 더 능숙하게 사용하고, 저는 제가 몰랐던 많은 방법을 이들로부터 배웠지요. 니은서점의 북텐더 세 명은 모두 읽는 사람이면서 쓰는 사람이기도 합니다. 90년대생이 니은서점의 북텐더가 되면서 니은서점은 세대와 세대를 이어주는 공간이 되기도 했고, 책 읽기와 글쓰기를 좋아하는 사람들이 서로 고민을 나눌 수 있는 장소가 되었습니다.

정선호 북텐더는 목소리도 좋지만 듣는 사람으로 하여금 나이를 잊게 만드는 원숙한 말솜씨를 자랑합니다. 그리고 책 파는 기술도 대단해서 정선호 북텐더가 근무하는 날에 니은서점에 오시면 계획했던 것보다 책을 더 많이 사실 가능성이 높아요. 조심하셔야 합니다. 이동근 북텐더는 늘 살짝 수줍은 표정을 짓고 있습니다. 그렇지만 글을 쓰면 항상 뭔가 골똘히 생각하는 표정으로 말할 때와는 전혀 다른 분위기입니다. 그 많은 생각은 그가 쓴 글에 고스란히 담깁니다. 구보라 북텐더는 아주 활동적입니다. 가장 많은 아이디어를 내는 북텐더이기도 해요. 니은서점에서 일하기 시작하면서 그동안 서점에서 일하게 되면 하고 싶었던 '투 두 리스트to-do list'를 한아름 가지고 있는 듯합니다.

니은서점이 2년 차에 접어들면서 이렇게 세 명의 북텐더가 함께하게 되어 서점은 더욱 활기를 띠게 되었습니다. 니은서점은 인스타그램과 페이스북 계정을 모두 가지고 있는데요. 독자에게 좋은 책을 추천하는 것을 니은서점의 존재 이유라고 생각하고 있기 때문에 일상적인 포스팅이 아니라 책 추천과 관련된 포스팅을 주로 올립니다. 하지만 저 혼자서 매일 포스팅을 올리기엔 역부족이었어요. 세 명의 북텐더가 함께하면서 니은서점의 SNS는 더욱 활성화되었습니다. 근무하는 북텐더가 그날의 인스타그램과 페이스북에 포스팅을 담당합니다. 그러다보니 추천하는 책의 폭도 넓어졌지요. 그리고 공간적 거리의 한계 때문에 니은서점에 오지 못하는 분과의 소통도 활발해졌습니다.

여러분, 니은서점만의 포스팅의 법칙을 아시나요? 책 추천을 SNS에 올리면 늦어도 24시간 이내에는 그 책을 주문하시는 분이 꼭 등장한다는 법칙입니다. 처음에는 우연이겠거니 했는데 이 법칙은 여전히 작동 중입니다. 아주 다양한 곳에서 주문을 해주십니다. 해외 배송을 원하시는 분도 있고, 서울을 비롯하여 전국 각지에서 책을 주문해주시죠. 포스팅의 법칙이 작동될 때마다 북텐더는 신이 납니다. 그리고 책임감도 느껴요. 정말로 좋은 책을 소개하겠다는 다짐을 북텐더끼리 하기도 하죠.

먼 곳에서 책을 주문하시는 분을 북텐더들은 '니은서점의 친구'라 부릅니다. '니은서점의 친구'가 주문하는 책 배송을 저희는 "니은서점의 친구에게 책으로 소식을 전한다"라고 표현합니다. 그리고 정성스럽게 친구에게 편지를 쓰지요.

포스팅의 법칙이 작동하다보니 텍스트로 책 소개를 하는 것도 좋지만 영상으로 책을 소개하면 좋겠다고, 늘 아이디어가 샘솟는 구보라 북텐더가 제안했어요. 의기투합해서 영상을 찍기로 했습니다. 각자 읽었던 책 중에서 추천하고 싶은 책을 한 권씩 선택하고 그 책을 선정한 이유를 설명하는 영상을 찍기로 하고 모임 날짜를 정했습니다.

물론 장비도 없으니까 스마트폰의 성능을 믿고 가기로 했어요. 그날을 기다리던 중 제자 송종화로부터 연락이 왔어요. 졸업하고 회사에 다니고 있는데, 가끔 서점에 들러 책을 사가곤 했어요. 서점에 또 오려고 하는데 오는 김에 저를 만나고 싶다고 하길래 제가 북텐더 영상을 찍는 날 보자고 했습니다. 사실 그날 오라고 한 속셈이 있었어요. 영상을 찍기로 한 날이 다가오자 삼각대도 서점에 없다는 사실을 깨달았습니다. 대체 영상을 누가 찍어야 할지도 난감했지요. 어떻게 하나 걱정하고 있던 차에 종화가 전화를 했기에 내심 미안한 말이지만 인간 삼각대 역할을 부탁할 생각이었어요.

그날이 왔습니다. 북텐더도 모였고 종화도 왔습니다. 종화에게 인간 삼각대를 해줄 수 있는지 부탁했어요. 그랬더니 종화가 영상을 찍어서 어디에 쓸 요량인지 묻더군요. 그냥 SNS에 올릴 거라고 했더니 찍는 김에 유튜브 채널을 만들라고 하면서 영상 편집을 할 줄 안다고 앞으로 촬영과 편집을 담당해주겠다고 했습니다. 그날 첫 촬영을 마치고 뒤풀이에서 여러 이야기를 했지요. 종화는 퇴사를 결심했다고 했습니다. 그리고 연구하고 글을 쓰는 삶을 살겠다고 했습니다. 그렇게 그날 종화는 니은서점의 예비 북텐더가 되었습니다.

두번째 유튜브 영상을 찍던 날, 역시 손님으로 왔다가 더 이상 손님인지 북텐더인지 구별이 안 될 만큼 북텐더와 긴밀한 교류를 맺고 있던 70년대생 박재윤이 유튜브 촬영에서 진행을 도와주기 시작했습니다. 독일에서 법학을 공부하고 귀국한 후 니은서점 하이엔드 북토크에 손님으로 맺은 인연이 이렇게 발전한 것이죠(니은서점 유튜브 채널 구독은 여러분의 사랑입니다, 잊지 마세요).

서로 출신도 다르고 졸업한 학교도 다르고 나이도 다르기에 니은서점이 없었다면 결코 알지 못했을 사이입니다. 그렇지만 우리 모두는 니은서점을 통해서 '읽는 인간'이라는 공통점을 확인했습니다. 그 공통점에 더 좋은 책이 세상에 많이 알려지기를 기대하는 마음을 담아 작지만 언제나 북적이는 니은서점을 함께 만들어가고 있습니다.

니은서점에는 마스터 북텐더가 출간한 책을 모아둔 코너가 있습니다. 그런데 이제는 마스터 북텐더의 서가뿐만 아니라 북텐더의 서가가 필요할지도 모르겠습니다. 구보라 북텐더는 《쎗쎗쎗, 서로 데드라인이 되어》라는 독립출판물을 출간했어요. 그리고 종화는 책을 쓰기 시작했고, 마침내 《여기까지가 끝인가 보오》라는 책을 쓰고 퇴사를 했습니다. 송종화 예비 북텐더의 책도 당연히 니은서점에 입고되었지요. 차츰차츰 니은서점은 책을 파는 서점에서 책을 쓰는 사람을 배출하는 서점이 되어가고 있습니다. 언젠가 니은서점에는 마스터 북텐더의 서가보다 더 큰 북텐더의 서가가 만들어지겠죠?

니은서점 북텐더가 여러분에게 보내는 편지를 여기에 동봉합니다. 북텐더들의 마음이 담긴 편지를 읽어주세요.

*

안녕하세요, 수요일을 기다리는 구보라 북텐더입니다.

저는 책방 주인들이 쓴 책을 꽤나 좋아합니다. 생각날 때마다 꺼내 읽어요. 그래선지 니은서점 이야기가 담긴 《이러다 잘될지도 몰라, 니은서점》을 읽으니 감회가 더 새롭습니다. 읽다 보니, 니은서점에 처음 갔던 날 그리고 단골손님이었다가 이곳에서 일하게 된 시간들도 자연스럽게 떠올랐어요.

니은서점을 알게 된 지도 2년이 다 되어갑니다. SNS를 통해 노명우 교수님이 연신내에 '니은서점'이라는 서점을 낸다는 걸 알았어요. 저는 니은서점과 2킬로미터 정도 떨어진 곳에 살던 은평구민이었기에 조만간 가야겠다고 생각했어요. 그러다가 제가 너무 좋아하는 책 《인간의 조건》으로 노명우 교수님이 북토크를 진행한다길래 냉큼 신청했어요. 그 북토크가 열리기 전에 니은서점을 가봤는데 그날이 2018년 9월 9일입니다. 자전거를 타고 니은서점 앞에 도착하니 6시 5분이었어요. 교수님은 문을 닫는 중이었어요. 알고 보니 서점 운영시간이 6시까지

였더라구요! 감사하게도 교수님은 다시 문을 열고 서점을 둘러 볼 시간을 주셨어요. 보고만 있어도 마음이 든든해지는 니은서점만의 큐레이션이 시선과 마음을 사로잡았죠.

그 이후로도 종종 사고 싶은 책이 있으면 니은서점으로 가서 책을 샀어요. 인터넷 주문하면 더 빠른 거 알지만, 그럼에도 일부러 시간을 내서 찾아간 건, 니은서점 공간이 주는 아늑함이 좋았고, 가면 교수님 또는 다른 북텐더들과 이야기 나누며 생각하지 못했던 또 다른 책을 접할 수 있었기 때문이었어요. 그러다가 지난 가을쯤 교수님께서 제가 책방 일에 관심 있다는 사실을 알게 되었고, 니은서점에서 일할 사람이 더 필요하면 함께 하자고 하셨죠. 그때만 해도 꿈같은 이야기였는데요. 그로부터 두 달 뒤에 정말 저는 니은서점에서 일하기 시작했어요.

"구보라 북텐더는 아주 활동적입니다. 가장 많은 아이디어를 내는 북텐더이기도 해요." 교수님이 책에서 저를 설명한 부분을 보며 웃음이 났어요. 정말 그렇긴 하거든요. 출근하기 전 북텐더 네 명이 만나서 식사하고 회의하는 시간이 있었어요. 처음 만난 자리였는데도 의욕이 넘쳐서, 폰 메모장에 써갔던 '니은서점 아이디어'들을 이야기했던 기억이 납니다. 시간이 지난 지금도 서점 일은 재미있습니다.

이 책을 읽고 계신 분들 중에서 아직 니은서점에 와보지 않은 분도 계시겠죠? 시간이 되신다면 니은서점으로 놀러오세요. 수요일에 오신다면 제가 더욱더 반갑게 맞이할게요. 읽어주셔서 감사합니다.

구보라 드림

*

안녕하세요, 이동근 북텐더입니다.

저는 느린 사람입니다. 밥을 먹는 속도나 걷는 속도 모두 느립니다. 순발력이 부족한 편이라 대화를 하다보면 내뱉는 말보다 삼키는 말이 많습니다. (그래서 글을 좋아합니다.) 무엇보다 저는 새로운 환경에 적응하는 속도가 느립니다. 낯을 가리는 성격이에요. 그래서 학창 시절 입학식들을 떠올려보면 기억에 남는 장면이 없습니다. 처음 보는 친구들 틈에서 진땀 흘리는 불안의 감각만 남아 있습니다.

니은서점을 처음 방문한 어느 봄날은 제 기억에 새겨진 첫 입학식입니다. 취업을 준비하던 저는 2019년 1월, 복숭아뼈가 부러지는 사고를 당하고 두 달 동안 침대를 벗어나지 못했습니다. 요양 기간 동안의 지난한 고민은 저에게 대학원 진학이라는 새로운 꿈을 불어넣었습니다. 니은서점을 방문한 주목적은 사회학자 노명우 교수님과의 진로상담이었습니다.

그날 저녁 공기는 선선했습니다. 서점 앞 골목길은 고즈넉

했고, 니은서점의 초록 간판은 오롯이 빛을 발하고 있었습니다. 서점 문을 열고 들어가자 감미로운 책 향기가 코끝을 찔렀습니다. 교수님과의 첫 만남은 넉넉한 환대의 기억으로 남아 있습니다. 그로부터 4개월 뒤, 저는 니은서점의 북텐더가 되었습니다.

니은서점에서 보낸 '1학년'은 배움의 나날이었습니다. 노명우 마스터 북텐더의 유머와 추진력, 정선호 북텐더의 여유로움, 구보라 북텐더의 건강한 에너지에 좋은 자극을 받았습니다. 하이엔드 북토크에서는 작가님들의 귀중한 이야기를 들을 수 있었습니다. 그리고 본질적으로 따뜻한 물건인 책을 매개로 손님 분들과 소통할 수 있었습니다. 취업을 준비하며 위축됐던 저에게 니은서점은 타인과 만날 수 있는 공간이 되었습니다. 타인과 마주침으로써 저라는 사람의 부피가 조금은 커질 수 있었고, 그 덕분에 저라는 사람이 지닌 느림을 긍정하게 되었습니다.

현실에서는 빠름이 미덕으로 칭송받지만 책이라는 우주에서는 느림이 올바른 자세입니다. 천천히 시간을 들여 읽어야 책의 아름다움을 온전히 느낄 수 있으니까요. 저는 책을 사랑하는 느린 사람입니다. 느리기에 책을 사랑하는 사람입니다.

앞으로도 니은서점이 느린 사람들을 위한 아늑한 공간으로 쭉 이어지기를, 그리고 그 여정에서 저의 느림이 작게나마 도움이 되기를 바라며 편지를 마칩니다.

*

니은서점 정선호 북텐더입니다.

편지지 너머, 독자를 생각하며 글을 씁니다. 쑥스럽고 민망하네요.

생각해보면 글을 쓰는 일은 언제나 저를 작고 볼품없게 만듭니다. 제가 만든 자음과 모음의 조합, 문장과 문장의 더함, 문단과 문단의 조화가 어떻게 다가갈지 도무지 알 수 없으니까요. 저는 그 부족함과 열등감의 발로로 책에 집착하는 것일지 모릅니다. 책 안엔 휘황찬란한 영웅과 서사와 시대를 뛰어넘는 문장과 알지 못했던 다양한 지혜와 경험이 가득하니까요.

니은서점은 저의 이런 갈급함에 기름을 부었습니다. 불을 지폈습니다. 독자가 아니었다면 몰랐을 책을 알게 되는 일은 짜릿하고 신기하고 행복했습니다. 사람으로 붐비는 서점, 책을 주문하는 사람이 찾아오는 서점, 책을 고르고 살펴보는 사람이 머무는 서점은 제 가슴을 뛰게 했어요. 손님의 미소, 손짓, 말씨 하나에 기뻤다가 슬펐다가 마냥 그랬습니다. 비가 내리고 혹은 덥고 혹은 눈이 내려 손님이 없기라도 하면 한없는 우울감에 젖었으니까요.

생각해보면 서점과 인연을 맺게 된 일도 독특했네요. 손님으로 와서, 다 읽을지도 모를 책을 무수히 사가던 '츤도쿠 정선호'에게 함께 일해볼 생각이 없냐고 소중한 제안을 준 마스터 북텐더 노명우 교수님. 그날을 기점으로 보라 님도, 동근 님도 알게 되었으니 참 신기하죠? 많은 인연과 사연이 스치는 곳이 서점이라는 걸 이렇게 배웠어요.

냉철한 지식인 같지만 세상과 사람을 향한 따뜻한 애정 그리고 책에 대한 사려 깊은 관심으로 무장한 마스터 북텐더. 세심한 정성을 가득 담아 책을 추천하고 읽는 동근 북텐더. 책을 매개로 쓰고 말하고 듣고 마음을 나누는 보라 북텐더. 이 재미있는 사람들이 있는 한, 서점은 초록빛으로 빛날 거라고 믿어요. 모두 나와 다른 견해와 감정을 존중하기 위해 노력하는 사람들이니까요.

이 작은 공간을 오래오래 기억하고 오래오래 사랑하고 싶어요. 물론 이 편지를 읽은 독자님이 서점에 와준다면 제일 기쁠 것 같고요. 물론 저를 알아보신다면 더할 나위 없습니다. 관심을 받는 건 기쁜 일이죠. 아, 저는 매주 토요일 서점을 지킵니다. 오후 2시부터 8시까지!

당신과 함께 나눌 수다를 기다리는 사람,

정선호 북텐더가.

니은서점의 북텐더들. 왼쪽부터 구보라 북텐더, 이동근 북텐더, 노명우 마스터 북텐더, 정선호 북텐더.

© 김승태

연세대 문화인류학과 김현미 교수와 함께한 《에베레스트에서의 삶과 죽음》 하이엔드 북토크.

《여자 전쟁》의 번역자 심수미 기자와 함께한 하이엔드 북토크.

《우리에겐 기억할 것이 있다》 저자 박래군
인권재단사람 소장과 함께한
온라인 하이엔드 북토크.

《여기까지가 끝인가보오》의
송오닛 작가와 함께한 출간 기념회.

〈MBC 다큐스페셜〉 방송 인터뷰 중.

2018년 9월 2일, 지인들과 함께한 니은서점 개업 기념 파티.

매월 '니은서점 북텐더 추천 세트'를 소개하는 유튜브 촬영 중.

니은서점 인테리어가 끝나던 날, 고마운 제자들과 찍은 기념사진.
왼쪽부터 윤정인, 배동렬, 저, 김정환, 김우진, 이정수.

니은서점은 이런저런 행사와 함께 여러분을 기다립니다.

언젠가,
그 어느 날 마침내 로또에 당첨된다면

니은서점은 작은 서점입니다. 10평 남짓한 공간에 불과합니다. 대형 서점과 비교해보면 구멍가게 수준인 미니 서점입니다. 작지만 단단한 서점, 작지만 전문적인 서점을 니은서점은 지향합니다. 니은서점의 숨겨진 자랑 중 하나는 오직 니은서점에서만 만날 수 있는 '니은띠지'입니다. 니은띠지는 니은서점만의 월계관입니다. 마스터 북텐더가 읽고 정말 다른 사람에게 권하고 싶은 책에만 니은띠지가 둘러져 있기 때문입니다. 니은띠지에는 마스터 북텐더가 그 책을 추천하는 이유가 정성스럽게 적혀 있습니다. 현재 150여 종의 책에 니은띠지가 둘러져 있는데요. 저의 작은 꿈은 향후 5년 동안 니은띠지를 두른 책 1,000종으로 니은서점의 판매 서가를 채우는 것입니다. 그렇게 된다면 니은서점은 작아도 강한, 아니 작기에 오히려 단단한 서점이 될 수 있겠지요? 니은서점은 지금까지 그랬던 것처럼 앞으로도 책만 팔 예정입니다. 소박한 목표는 책만 팔아서 1,000종의 니은띠지가 완성될 때까지 버티는 것입니다.

니은서점은 동네 서점입니다. 서점 뒷집에 사시는 할머니도 책 사러 오시고, 동네 옷가게 아주머니도 책 주문을 하십니다. 건너편 핫도그 가게 주인 아주머니는 서점 장사를 걱정해주시고 2층에 사시는 주인 내외는 아래층에 서점이 생겨서 너무 좋다고 하십니다. 동네 어떤 대학생은 자기가 사는 집 근처에 서점이 생겼다고 학교에서 친구들에게 자랑도 한다고 합니다.

책을 읽고 그 감상을 같이 나누고 싶어도 대화의 상대를 찾지 못했던 동네 분이 마스터 북텐더를 통해 독서 모임을 같이 할 수 있는 이웃을 알게 되었다고 고맙다는 말을 전할 때 마스터 북텐더는 감격합니다. 고등학교를 갓 졸업한 대학 1학년생이 니은서점에서 산 책이 자신이 직접 서점에서 산 첫번째 책이라고 말할 때 마스터 북텐더는 마음속으로 생각합니다. 니은서점의 존재 이유는 바로 이런 것이라고.

연구실을 나와 연신내 골목길에 서점을 차리고, 서점에서 손님들을 맞이하고 책을 소개하고 책을 팔며 느리지만 차츰차츰 세상물정을 익혔습니다. 캠퍼스를 벗어나 서점의 작은 책상에서 책 주문도 하고 장부도 정리하고 배송하는 책 택배에 동봉할 짧은 편지도 쓰고 책도 읽으면서 두 번의 봄 여름 가을 겨울을 보냈습니다.

서점은 애초에 예상했던 대로 '지속가능한 적자'를 벗어나지 못하고 있고 앞으로도 쉽게 적자에서 벗어날 가능성은 없어 보입니다. 비록 '지속가능한' 범위라 하더라도 '적자'를 벗어나지 못했는데도 서점을 계속 유지할 생각이냐고 누군가 묻는다면 망설이지 않고 "그렇다"라고 답할 것입니다.

비록 돈을 벌지는 못했지만 서점을 통해 저는 돈으로 환산할 수 없는 소중한 것을 얻었기 때문이지요. 전국의 수많은 독립서점은 행정 용어로는 영세 자영업자로 분류될 것입니다. 자본의 규모가 크지 않다는 뜻이고, 돈을 출자한 사람과 운영하는 사람과 일하는 사람이 동일하다는 뜻이지요. 니은서점 골목에서 보낸 2년 동안 정말 많은 영세 자영업자의 흥망성쇠를 목격했습니다. 서점 또한 영세 자영업자인 한, 제가 목격한 영세 자영업자의 풍전등화와 같은 처지로부터 자유롭지 못합니다. 그런데요, 전국의 수많은 독립 서점은 시장경제 법칙의 공격을 의외로 잘 방어해나가며 유지되고 있습니다. 전국의 독립 서점은 시장경제의 법칙으로는 설명이 안 되는 현상입니다.

전국 방방곡곡에서 고군분투하고 있는 독립 서점을 운영하시는 그 어떤 분들을 생각합니다. 그분들은 어떻게 시장경제 법칙으로 설명되지 않는 현장의 중심에 계시는 걸까요? 영세 자영업자는 자본의 크기, 고용의 형태, 매장의 면적만을 드러낼 뿐이지, 독립 서점 속 영세 자영업자의 '정신'을 담아내지는 못합니다. 2년 동안 저는 영세 자영업자로 세상물정을 익혔지만, 동시에 독립 업자로 걸어가야 할 미래를 구체적으로 생각할 기회도 얻었습니다.

과학책방 갈다, 나비날다책방, 속초 동아서점, 디어마이블루, 마그앤그래, 미래책방, 보배책방, 북유럽, 삼일문고, 서촌 그 책방, 우분투북스, 우주소년, 잘익은언어들, 제주풀무질, 쩜오책방, 책방연희, 행복한책방 그리고 가가77페이지, 고요서사, 꿈꾸는책방, 마리서사, 만춘서점, 무명서점, 별책부록, 서점리스본, 소소밀밀, 소심한책방, 아마도책방, 안도북스, 온다책방, 완벽한 날들, 이후북스, 인디고서원, 인생서점, 주책공사, 책방비엥, 책방서로, 책방심다, 책방이음, 책방한탸, 한낮의바다 등 직접 방문하기도 하고 페이스북과 인스타그램으로 구경하기도 하면서, 그 모든 서점을 관통하는 공통점은 영세 자영업자라는 경제적 정의가 아니라 독립이라는 정신에 있음을 깨달았습니다. 자본으로부터의 독립, 권력으로부터의 독립, 출세지상주의로부터의 독립, 시장만능주의로부터의 독립을 지향하며 새로운 삶의 방식을 추구하는 독립 서점의 정신은 얼마나 아름다운지요. 니은서점을 열기 이전에는 저는 그저 사회학자에 불과했는데, 2년의 경험을 통해 저는 니은서점 마스터 북텐더이자 이제는 독립 업자라고 자칭합니다.

저는 언제까지 니은서점의 마스터 북텐더인 독립 업자일 수 있을까요? 제가 대학교수로서 월급을 받는 한, 월급의 일부를 독립자금으로 쓸 수 있으니 독립 서점 니은서점의 정신을 다른 서점들과 함께 지켜나갈 수 있을 것입니다. 그렇지만 저도 언젠가는 은퇴를 할 테니까, 은퇴 후 연금생활자가 되면 지금보다는 독립자금이 충분하지 않을 것 같습니다. 그래서 전 가끔 로또를 삽니다.

로또를 사서 버스 전용 차선을 달리는 버스를 타고 집으로 갑니다. 니은서점에서 저의 집을 오가는 길은 예전 연신내에 있던 대성중학교를 졸업하고 독립문에 있는 대신고등학교를 다닐 때 등교하던 그 길입니다. 예전 흔적을 찾아볼 수 없을 정도로 많이 변했습니다. 나지막한 단독 주택들이 연이어 있던 녹번동엔 고층 아파트가 들어섰고, 그나마 옛모습 그대로인 홍제동의 유진상가는 통일로 일대에 불고 있는 재개발 재건축으로부터 언제까지 버틸 수 있을지 살짝 걱정입니다. 서울에서 가장 공부 잘하는 여학생들이 진학하던 무악재 입구의 서울여상 자리에도 아파트가 들어섰고, 서대문형무소는 사라지고 그 자리에 독립공원이 들어섰고, 제가 고등학교 3학년 때 자취했던 영천시장 건너편 현저동 주택가도 재개발되어 아파트 단지로 변했습니다. 단 한 가지 변하지 않은 사실, 저는 그때도 지금도 책을 좋아한다는 점입니다. 단지 그때는 책을 사는 독자였다면, 지금은 독자이자 책을 쓰는 사람이자 책을 파는 사람이 되었다는 차이만 있습니다.

집으로 가는 버스 안에서 로또 1등에 당첨된 후의 니은서점을 상상합니다. 먼저 작은 땅을 사겠습니다. 임대료 걱정 없이 서점을 하고 싶기 때문이에요. 작은 땅에 협소 건물을 지을 거예요. 5층이면 좋겠어요. 1층과 2층은 서점으로 쓰겠습니다. 3층은 글 쓸 곳이 마땅하지 않은 사람들이 공유할 수 있는 서재로 사용하고 싶어요. 저도 이곳에서 글을 쓰고 니은서점의 친구라면 누구나 와서 글을 쓸 수 있는 곳으로 만들고 싶습니다. 4층에는 책을 좋아하는 친구들이 모여서 때론 진지한, 때론 열띤 책에 대한 수다를 나누는 곳이 되었으면 합니다. 꼭대기 층은 책과 함께 잠을 자고 눈을 뜨고 싶은 경험을 제공하는 '북 스테이' 공간을 만들고 싶어요. 로또에 당첨되지 않는 한 이런 건물을 짓는 것은 불가능합니다. 로또만 되면 다치바나 다카시의 고양이 건물을 능가하는 건물을 지을 수 있을 텐데, 도통 당첨되지 않네요.

《이러다 잘될지도 몰라, 니은서점》이 1만 권이 팔리는 백일몽을 꿉니다. 그동안 익힌 책 장사의 감각으로 볼 때 이 책의 적정 정가는 15,000원일 것 같아요. 그럼 제가 받는 인세는 권당 1,500원입니다. 1만 권이 팔리면 정말 좋겠어요. 그렇다면 저는 인세로 1,500만 원을 받을 텐데요. 니은서점의 한 달 임대료가 70만 원이니까 1만 권이 팔리면 책을 사주신 여러분이 니은서점의 2년 치 임대료를 십시일반하여 내준 셈입니다. 여러분이 만들어주시는 로또 1등 당첨 효과이지요. 1만 권은 언감생심의 목표이니까 그저 한 달에 468권만 팔린다면 그건 로또 2등 당첨이라 생각합니다. 468권이 팔리면 인세가 70만 2,000원입니다. 니은서점 한 달 임대료를 치르고 2,000원이 남네요. 남는 2,000원은 여러분이 제게 주신 팁이라 생각하겠습니다.

저는 언젠가 세상을 뜨겠죠. 니은서점도 영원할 수는 없을 것입니다. 아무리 로또에 당첨이 된다 하더라도 세월의 흐름까지 막아내지는 못할 테니까요. 그런데요, 니은서점은 이렇게 책이 되었으니 니은서점이 언젠가 사라져도 책이 된 니은서점은 사라지지 않겠지요. 책이란 게 그런 거잖아요. 그래서 우리는 책을 사랑하는 거 아니겠어요?

로또에 당첨되지 않아도 괜찮습니다. 니은서점의 북텐더가 책을 떠나지 않는 한, 독서인이 니은서점의 친구로 남아주시는 한, 이러다 잘될지도 모르니까요. 집에 도착해 현관문을 열면서 조용히 외쳐봅니다. "이러다 잘될지도 몰라, 니은서점!"

김효찬 원데이
드로잉 클래스
선착순모집
곰손도 할 수 있는 드로잉
아무튼,
쇼핑
엉치나 않지
않으면 다행이지

에콜로지스트
가이드 패션

스터 북텐더
는 없다, (에스트라 테일러)
북텐더
결혼할래요?, (김규진)
텐더
나, (빅토리아 토카레바)
텐더
이토록 쌓여가고,
(서효인, 박혜진)

니은
서점

안녕하세요!
북텐더가 있는 서점,
니은서점입니다
다락방처럼 편히
둘러보세요~
니은
서점
영업중

니은서점

감사의 말

'감사의 말'의 첫줄은 언제나 아버지와 어머니의 자리입니다.

아버지와 어머니를 생각하며 2018년 4월 13일, 페이스북에 '좋아요' 수가 500을 돌파하면 서점을 열겠다는 글을 포스팅 했는데 738명이 '좋아요'를 눌렀습니다. '좋아요'를 눌러주신 738명이 없었다면 니은서점은 그냥 구상에 머물렀을지도 모릅니다. 738명의 '좋아요'가 있었기에 니은서점을 실행으로 옮겼고, 니은서점이 만들어졌기에 이 책도 세상에 등장할 수 있었으니 한 분 한 분 이름을 다 언급할 수는 없지만 이 자리를 빌려 그분들께 감사의 뜻을 전합니다.

서점이 만들어지기까지 정말 많은 분의 도움을 받았습니다. 서점이 빠른 시간 내에 세상에 등장할 수 있었던 것은 저의 추진력 때문이 아니라 정말 많은 분들이 도와주셨기 때문입니다.

니은서점을 열 자리를 연신내에서 알아보고, 서점의 서가를 채우기 위해 도매상과 계약을 준비하고, 예쁜 로고를 제작하고, 또 책이 만들어지기까지의 편집과 디자인 그리고 출간 이후의 마케팅 논의까지 출판사 클 여러분들께 많은 도움을 받았습니다. 그동안 제대로 표현하지 못한 감사의 인사를 보냅니다. 인테리어를 맡아주신 정홍섭 작가님께도 감사의 마음을 전합니다.

서점을 구상하던 때 마치 자기 일처럼 함께 고민해주고 인테리어가 끝나던 날 청소까지 도와준 사랑하는 제자 김우진, 김정환, 이정수, 윤정인, 정현주, 배동렬은 니은서점 탄생의 일등 공신입니다. 미국에서 제 캐릭터를 디자인해서 보내준 이병환, 짐을 나르고 가구를 조립하는 데 큰 도움을 준 김동이, 서점이 자리 잡을 때까지 서점 일을 도와준 이재성이 없었다면 니은서점은 이미 세상에 없었을지 모릅니다.

무엇보다도 제가 표현할 수 있는 가장 크고 강력한 감사를 '니은서점의 친구들'에게 전합니다. 이게 모두 다 여러분 덕택입니다.

이 책을 쓰면서 읽었던 책 목록

개브리얼 제빈, 엄일녀 옮김, 《섬에 있는 서점》, 루페, 2017.

김상윤 정현애 김상집, 《녹두서점의 오월》, 한겨레 출판, 2019.

노승영 박산호, 《번역가 모모 씨의 일일》, 세종서적, 2018.

니콜라스 카, 최지향 옮김, 《생각하지 않는 사람들》, 청림출판, 2011.

다치바나 다카시, 박성관 옮김, 《다치바나 다카시의 서재》, 문학동네, 2017.

로라 J. 밀러, 박윤규 이상훈 옮김, 《서점 vs 서점》, 한울아카데미, 2014.

마르크 로제, 윤미연 옮김, 《그레구아르와 책방 할아버지》, 문학동네, 2000.

매리언 울프, 전병근 옮김, 《다시, 책으로》, 어크로스, 2019.

무라야마 사키, 류순미 옮김, 《오후도 서점 이야기》, 클, 2018.

무라카미 하루키, 양윤옥 옮김, 《직업으로서의 소설가》, 현대문학, 2016.

베른하르트 슐링크, 김재혁 옮김, 《책 읽어주는 남자》, 시공사, 2013.

알베르토 망겔, 정명진 옮김, 《독서의 역사》, 세종서적, 2000.

알베르토 망겔, 강주헌 옮김, 《밤의 도서관》, 세종서적, 2011.

알베르토 망겔, 이종인 옮김, 《서재를 떠나보내며》, 더난출판사, 2018.

앙리 뮈르제, 이승재 옮김, 《라 보엠》, 문학세계사, 2003.

앙리 뮈르제, 이승재 옮김, 《보헤미안》, 문학세계사, 2012.

어니스트 헤밍웨이, 주순애 옮김, 《파리는 날마다 축제》, 이숲, 2012.

오에 겐자부로, 정수윤 옮김, 《읽는 인간》, 위즈덤하우스, 2015.

월터 옹, 임명진 옮김, 《구술문화와 문자문화》, 문예출판사, 2018.

이창현 유희, 《익명의 독서중독자들》, 사계절, 2018.

조지 오웰, 이한중 옮김, 《나는 왜 쓰는가》, 한겨레출판, 2010.

조지 오웰, 강문순 옮김, 《책 대 담배》, 민음사, 2020.

키스 휴스턴, 이은진 옮김, 《책의 책》, 김영사, 2019.

파리 리뷰, 권승혁 김진아 김율희 옮김, 《작가란 무엇인가》, 다른, 2019.

니은서점 두 번의 봄·여름·가을·겨울

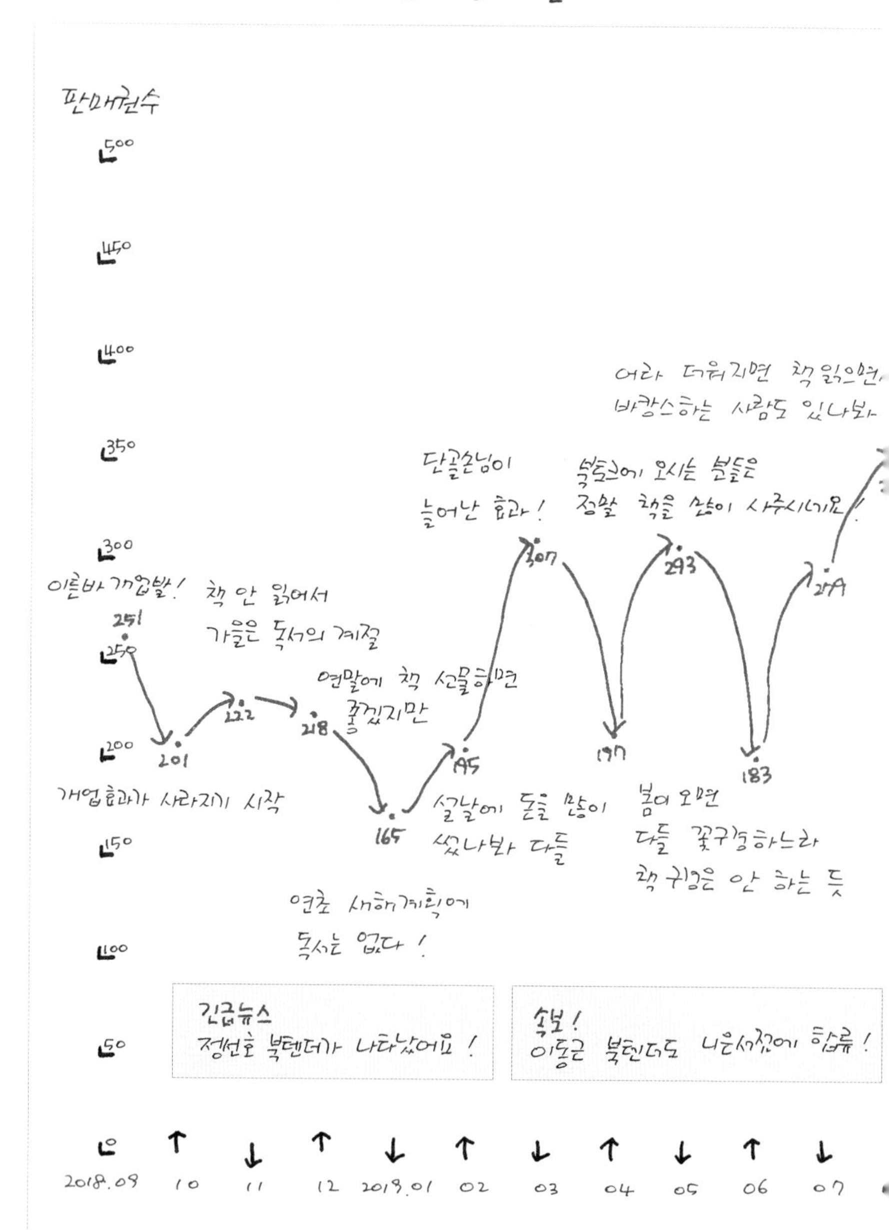

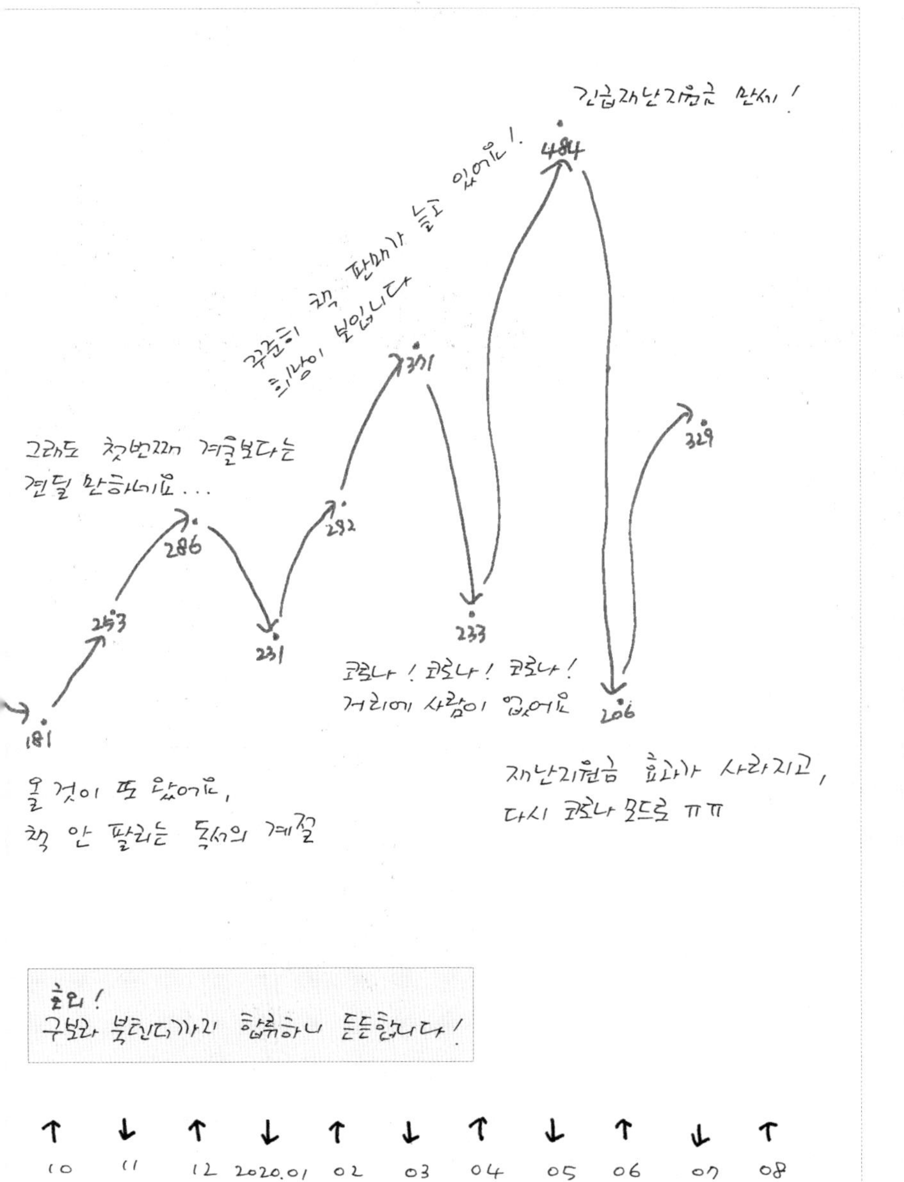

하지만 책이 있는 한 영원하리라 니은서점!

니은서점
문여는 시간
수-토 오후 2-8시
일 오후 2-6시
월화 휴무